大蛇《おろち》と氷の薔薇《ばら》

少年花嫁《ブライド》

岡野麻里安

white heart

講談社X文庫

目次

物紹介

●松浦《まつうら》 忍《しのぶ》

都内の高校に通う十八歳の美少年。失われた玉川家《たまがわけ》の末裔《まつえい》で、夜の世界の三種《さんしゅ》の神《じん》器《ぎ》の一つ「生玉《いくたま》」の継承者。女に見える呪《のろ》いを解《と》く代わりに、御剣香司の婚約者のふりを続けている。しかし、これまでの清めの儀では忍自身の命に危険が及ぶことを知り、安全に呪いを解くため、雲外鏡《うんがいきょう》の無《む》量《りょう》に教わった風鬼を探しに、恋人の香司とともに長野県諏訪《すわ》市を訪れるが!?

●御剣香司《みつるぎこうじ》

陰陽師《おんみょうじ》の香道・御剣流の次期家元で三種の神器「八握剣《やつかのつるぎ》」の継承者。去年の春から大学に進学し、人気雑誌のトップモデル「伽羅《きゃら》」としても活躍している。絶大な霊力と美貌《びぼう》の持ち主。傲岸不遜《ごうがんふそん》な性格で、一見、何不自由のない御曹司《おんぞうし》だが、実は愛人の子。大事な恋人・忍を心から愛しており、その事実を父に打ち明けるが、呆気《あっけ》なく勘《かん》当《どう》となり、都内で一人暮らしを始める。

登場人

●鏡野綾人《かがみのあやと》

大蛇《おろち》一族の当主で三種の神器「辺《へ》津鏡《つかがみ》」の継承者。忍を心から想《おも》っている。

●鏡野継彦《つぐひこ》

綾人の叔父《おじ》。闇《やみ》の言霊主《ことだまぬし》となるため三種の神器を狙《ねら》い、忍たちを追いつめる。

●三郎《さぶろう》

日本全国をさすらう風の神。悪戯者《いたずらもの》なので、各地で疎《うと》まれている。

●一郎《いちろう》

着物に袴《はかま》姿の青年だが、実は諏訪明神《みょうじん》。妖《あやかし》に襲われかけた忍を救ってくれる。

●戸隠《とがくし》

継彦に仕える軍師。同族からも恐れられ、忌《い》み嫌《きら》われるほどの冷酷《れいこく》非情な妖《あやかし》。

●風鬼《かざおに》

呪縛《じゅばく》を断ち切る鎌《かま》を持っているという妖の三兄弟。人間に紛《まぎ》れて暮らす

●香太郎《こうたろう》

伊豆下田《いずしもだ》の天狗《てんぐ》からもらった香木猫《こうぼくねこ》。一年経《た》っても子猫の姿のままだったが!?

●横山《よこやま》

香司の元付き人。香司の勘当後は、忍の付き人となる。人情家で忠義心に厚い。

イラストレーション／穂波《ほなみ》ゆきね

大蛇《おろち》と氷の薔薇《ばら》

少年花嫁《ブライド》

序章

白々とした明け方の光が、カーテンの隙間《すきま》から射《さ》し込《こ》んでくる。

窓際《まどぎわ》の机の上に、デジカメからプリントした写真が五、六枚置いてあった。

写真に写っているのは、振《ふ》り袖《そで》姿の美少女と黒いスーツに黒いコートを羽織った端正な面差しの黒髪の少年だ。

二人がいるのは、夜の神社。

ライトの灯《あか》りが煌々《こうこう》とあたりを照らし、大勢の参拝客が並んでいる。

初詣《はつもうで》の記念写真だ。

写真の美少女は、実は女ではない。本当は少年だ。「女に見える呪《のろ》い」がかかっているせいで、振り袖姿でもまったく違和感はないのだが。

彼の名は、松浦忍《まつうらしのぶ》という。

十八歳の高校三年生だが、童顔のせいか、まだ中学生に間違えられることもある。

わけあって、一年前から都内にある敷地三千坪の屋敷で、七十数人の使用人たちに囲まれて花嫁修業中だ。

「初日の出だ」

カーテンを細く開いて呟《つぶや》いたのは、黒いスーツの少年――御剣香司《みつるぎこうじ》である。

人気雑誌「ＡＸ」のトップモデルで、陰陽師《おんみようじ》の香道、御剣流の家元の息子。

そして、忍の婚約者だ。

婚約というのは偽装であり、適当な時期がきたら破談にするという約束だった。

ところが、先月の十九歳の誕生日に香司が勘当《かんどう》されたため、話は面倒な方向に転がりつつあった。

現在、香司は屋敷を出て、都内の家具つき高級アパートメントで一人暮らしをしている。

勘当の原因は、父親の御剣倫太郎《りんたろう》にむかって、同性である忍のことを愛しているから一緒に暮らしたいと告白したせいだ。

倫太郎は激怒して、香司を御剣家から追い出した。

香司も偽装婚約者のはずの忍を本気で好きになったことを父に謝る意思はなく、事態は膠着《こうちやく》状態に陥《おちい》っている。

「初日の出かぁ。オレ、大晦日《おおみそか》から元日にかけて徹夜したの、初めてだ。暗いうちから初詣に行ったのも」

大欠伸《おおあくび》して、忍は自分のベッドに座った。

まだ赤い振り袖姿である。化粧は落とし、つけ毛も外している。

素顔でもうっとりするくらい愛らしいが、当人は自分が絶世の美少女に見えてもうれしくもなんともない。

二人がいるのは、目黒区自由《めぐろくじゆう》が丘《おか》にある忍の実家だった。

大晦日の夜には、一階の居間で香司と両親と忍の四人で除夜の鐘を聞いていた。

去年から今年にかけての数時間で、母親の春佳《はるか》が持ち出してきた振り袖を強引に着せられ、さんざん写真をとられた忍だった。

——ママの若い頃《ころ》の振り袖、捨てないでとっておいてよかったわ。綺麗《きれい》よ、忍ちゃん。さすが、ママの息子だわ。

大はしゃぎする春佳の横で、父親の正吾《しょうご》が女の子にしか見えない息子を見ながら遠い目になっていた。

しかし、あえて振り袖を着せるのをやめろとは言わない。

香司も正吾に配慮しながらも、適当に笑顔で春佳の相手をしていた。

愛人の子であり、本妻の亡《な》くなった息子の代わりに御剣家に引き取られた香司にとって、これは初めて体験する「普通の家庭の年越し」だった。

香司にとっては、家族の温《ぬく》もりを味わう貴重な機会となった。

「楽しかったな」

香司が足もとにすりよってきた子猫を抱きあげながら、ふっと笑った。

子猫の背中や耳はシナモンパウダー色で、四肢の先と腹が白い。目は綺麗な緑だ。

この子猫は、人間界の普通の猫ではない。一年ほど前、忍たちが伊豆《いず》の天狗《てんぐ》、飛天坊《ひてんぼう》からもらった妖《あやかし》の世界の生きた香木《こうぼく》、香木猫なのである。

香木猫の髭《ひげ》や爪《つめ》の先を削って香炉でたくと、素晴らしい香りが立ち上るのだ。

忍のつけた名前は、香太郎《こうたろう》。

だが、香司はコータ、香司の妹の沙也香《さやか》はコーちゃん、倫太郎はチビ、香司の付き人の横山《よこやま》はコーたんと呼ぶ。

いつもは御剣家で飼っているのだが、忍が実家で正月を過ごすために戻ってきた時、一緒に連れてきたのである。

子猫は香司に撫《な》でられながら、ゴロゴロ言っている。

生後一年たつのに、まだ子猫の姿だ。

そこがまた可愛《かわい》い。

「うん。夜通し電車も地下鉄も動いてるんだよな。あれ、ちょっとわくわくした」

言いながら、忍はもう一回、欠伸をした。

「眠いのか。そろそろ寝るか」

香司が優しく尋ねる。

「うん」

小さくうなずき、少し照れて、忍は香司の綺麗な顔を見上げた。

「脱がせて」

振り袖をパタパタさせて、子供のようにねだる。

香司が苦笑したようだった。

「しょうがない奴《やつ》だな」

そう言いながらも甘えられたことがうれしくてたまらないのか、子猫を下ろして、いそいそと近づいてくる。

忍は眠い目をこすり、立ちあがった。

香司が、慣れた手つきで忍の帯を解《ほど》きはじめる。

春佳が箪笥《たんす》の奥から引っ張りだしてきた振り袖を着付けたのは、香司である。

最初は春佳がやるのを見ていたのだが、紐《ひも》がきつくて忍がつらそうだったので、つい横から手を出してしまったのだ。

香道の家に育った香司にとって、着物は普段着のようなものだ。着付けもお手のものである。

忍も御剣家で一年間、花嫁修業をさせられたため、着物は自分で着られるのだが、必要な時以外、わざわざ自分から女装する趣味はなかった。

自分で着ないくせに、母親の着付けに文句をつけていたら、香司が「やりましょうか」と遠慮がちに申し出て、結局、こういうことになってしまった。

「疲れたろう」

ずしりと重い絹の振り袖を忍の肩から脱がせながら、香司がいたわるように言う。

刺繍《ししゅう》がほどこされた絹の布は、見た目よりずっと重い。

セーターにジーンズのほうが楽には違いなかった。

「平気だよ。楽しかったし」

振り袖や化粧はうれしくなかったが、人混みのなかで香司と手をつなぎ、よりそって歩けたことは素直にうれしかった。

少年の姿であれば、とてもそんなことはできなかったろうから。

「俺《おれ》も楽しかった。一生、忘れられない年越しになった。おまえと一緒にいられて、よかった」

想《おも》いをこめた瞳《ひとみ》で、香司がささやく。

御剣家にいる時より、ずっとリラックスした顔は本当に幸せそうだ。

「オレも……香司といられてよかったよ」

恋人と一緒に初日の出を見られる正月など、人生のうちでそうそう何回もあるものではないだろう。

欠伸《あくび》のせいで潤《うる》んだ瞳をむけ、甘く微笑《ほほえ》む忍の顔は当人には自覚はないが、ふるいつきたくなるほど愛らしい。

香司が一瞬、息を止めたようだった。

「忍……」

香司の手もとから、振り袖がふわりと床に滑り落ちる。

(え?)

白い手がのびてきて、細い腰をつかまれ、抱きよせられる。

肌襦袢《はだじゅばん》一枚の忍は、半分ぼーっとしたまま、香司のスーツの肩にしがみついた。

その拍子に、青草に似た香の匂《にお》いが忍の鼻をくすぐった。

この一年間で、すっかり馴染《なじ》んだ恋人の香りである。

「おまえは、いい匂いがするな」

忍の耳もとに唇をよせ、香司がそっとささやく。

「え?　オレ……?　なんにもつけてねえぞ。香水とか」

(……っていうか、いい匂いなの、おまえだろ?)

「シャンプーを変えたろう」

香司が忍の髪をくしゃっとする。

「あ……うん。こっちで風呂《ふろ》入ったから、うちのシャンプーの匂いだ」

いつもは、御剣家で入浴しているため、実家で入浴するのは久しぶりのことだった。

当然、シャンプー、リンス、ボディソープの匂いも違う。

「こういうのも新鮮だな」

「ドキドキしたりする？」

冗談交じりに尋ねると、香司は真顔でうなずいた。

「バカ……。シャンプー変えたくらいで……」

忍はうっすらと赤くなって、香司から身を引きはがした。

恋人が照れると、自分まで恥ずかしくなるのはなぜだろう。

香司は、まだ忍の髪をいじっている。

忍は何度目かの大欠伸をし、香司の視線に照れて、目をこすった。

「眠そうだな。もう寝ろ」

香司が苦笑して、忍をベッドのほうに押しやる。

「うん……」

肌襦袢のまま、ゴソゴソとベッドに入ると、香司が丁寧に肩まで羽毛布団《うもうぶとん》をかけてくれた。

「眠るまで、ついていてやる」

「えー？　そんなことされたら、かえって眠れねぇよ」

「久しぶりだから、おまえの寝顔を見たいんだ」

甘やかな声でささやかれ、忍はいっそう赤くなった。

香司に寝顔を目撃されるのが、どんな状況の時か思い出したせいもある。

たいていは、肌をあわせて、そのまま眠りこんだ翌朝だ。

「何を照れている？」

「照れてなんかいねぇよ！　……っていうか、なんで寝顔なんだよ？」

「無防備なおまえの顔を見るのが好きなんだが。腹を出して寝ている猫のようで、見ていると可愛くてたまらなくなる」

微笑む顔も、ドキリとするほど格好いい。

忍は、真っ赤になった頬《ほお》を隠すように羽毛布団を引っ張りあげた。

「そう緊張するな。子守歌でも歌ってやろうか？」

クス……と笑って、香司が忍の額にそっと口づける。

やわらかな唇が触れたとたん、少年たちはどちらも一瞬、息を止め、全身を緊張させた。

互いの存在を痛いほど意識する。

香司も、冗談交じりに忍に触れたのを後悔したようだった。

額にキスした唇が、ためらいがちに離れる。

そして、素早く忍の唇に触れた。

「あ……」

(香司……)

今年初めてのキス。

すぐに香司が離れていきそうな気がして、忍は恋人の首に両腕を巻きつけた。

触れあうだけだったキスが、舌をからめる濃厚なものに変わる。

忍はギュッと目を閉じ、胸の奥まで香司の肌の匂いを吸いこんだ。

愛《いと》しくて、切なくて、胸が痛くなる。

「だい……好き……」

「忍……」

香司の体重が、忍の胸にかかった。

大きな手が忍の指をつかみ、強く握りしめる。

「抱きたい」

切なげな声が、ささやきかけてくる。

忍は、目を見開いた。

まぢかに、香司の白い顔がある。

何度も愛を交わし、夜の闇《やみ》のなかで見てきた顔だったが、この時の香司は今までで一番綺麗に見えた。

忍を見下ろす瞳には、愛しさと情熱があふれていた。

「ここで？」

忍の部屋は二階にあり、両親の寝室は一階にある。

防音はしっかりしているはずだが、まだ下で両親が起きている可能性はあった。

妙な物音をたてれば、怪しまれてしまうかもしれない。

「ここで」

忍の顎《あご》をつかみながら、香司が妖艶《ようえん》な表情で微笑んだ。

それに抵抗することなど、今の忍にはできなかった。

恥じらいながら目を伏せ、小さくうなずく。

「下に……いるから」

「わかってる。聞こえないように気をつける」

今年二度目のキスはとろけそうに甘くて、意地悪なくらい長かった。

第一章　鏡野綾人《かがみのあやと》からの贈り物

正月二日、松浦忍《まつうらしのぶ》と御剣香司《みつるぎこうじ》は長野県諏訪《すわ》市にいた。

（去年は、五十嵐《いがらし》たちとファミレスで飯食ってたんだよな……）

生欠伸《なまあくび》を一つして、忍は車の窓の外を見た。

市内は、まだ正月休みでシャッターの下りた店が多い。

忍たちを乗せたレンタカーは、片道一車線の国道を走りつづける。

「橋まで、あともう少しです」

レンタカーの運転席から、忍の付き人の横山《よこやま》の声がした。横山は、ダークスーツを着た公家顔《くげがお》の中年男性だ。

大晦日《おおみそか》から元日にかけてはめずらしく休みをとったが、それ以外の日は影のように忍の行く先々につきそっている。

助手席には、香木猫《こうぼくねこ》を入れたペットキャリーが置かれていた。

忍の実家に預けてこようとしたら、嫌がって鳴いたので、急遽《きゅうきょ》、諏訪まで連れてくることになったのだ。

幸い、今回泊まるホテルはペット可である。

「寒くないか、忍？」

後部座席で、黒いスーツ姿の香司が忍に尋ねてくる。

忍は白い着物に袴《はかま》をつけ、白い足袋《たび》に草履《ぞうり》を履いている。

「大丈夫だよ。見えないところに使い捨てカイロ仕込んであるし。……でも、橋に行って何するんだ？」

忍は、これから市内を流れる衣之渡川《いのとがわ》にかかる、えびっこ橋に行くことになっていた。

そのために必要だからと言われ、着替えさせられたが、何をすればいいのか、いまいちわかっていない。

「橋占《はしうら》だ」

香司が答えてくれる。

「はしうら？　なんだよ、それ？」

「昔からある占いの一種だ。橋のたもとに立って、最初に通り過ぎる人の言葉を聞いて、吉凶や物事が成功するかどうかを占うんだ。京都の一条戻橋《いちじょうもどりばし》も、橋占の名所だった。橋というのはこの世と異界との境界で、そこではいろいろ不思議なことがおこると思われてきたんだ。橋は、八百万《やおよろず》の神々も通っていくからな」

「へえー……。そんな占いがあるんだ。でも、何を占うんだ?」

「風鬼《かざおに》のいる場所だ」

風鬼というのは先月の事件の時、雲外鏡《うんがいきょう》の無量《むりょう》が忍の呪《のろ》いを解くために役に立つかもしれないと教えてくれた妖《あやかし》だ。

諏訪に住んでいて三人兄弟だということと、人間の世界に立ち混じって暮らしているらしいということくらいしかわからない。

雲をつかむような話だったが、そのかすかな手がかりを頼りに諏訪までやってきた忍たちだった。

「そっか。そうやって捜すんだ……。オレ、情報屋みたいな妖に会うのかと思ってたぞ」

「おまえは、マンガの読みすぎだ」

苦笑して、香司が答える。

「だって、御剣家なら、いろいろコネありそうじゃん」

「残念ながら、そこまで万能でもない。それに御剣家のコネじゃ、今の俺《おれ》は使えないからな」

「そう……か」

忍は、小さなため息をついた。

(そういや、勘当《かんどう》されてたんだよな)

「じゃあ、オレ、橋占がんばるよ。えーと……本当にただ立ってるだけでいいのか？」

「立つ時には、これを持っていろ」

香司が、和紙に包んだ短冊《たんざく》のようなものを忍に手渡してくる。

「これって……呪符《じゅふ》？」

「橋占をするぞという決意表明のようなものだな。風鬼を捜しているという意味の和歌が書いてある。これを持っていれば、おまえでも橋占ができる」

忍は香司から受け取った短冊を見、首をかしげた。

「手に持っていなきゃいけないのか？」

「懐《ふところ》に入れていてもいいぞ」

「そっか。わかった。……がんばる」

真面目《まじめ》な顔で呟《つぶや》く忍をじっと見、香司が愛《いと》しげに微笑《ほほえ》んだ。

「頼んだぞ」

＊

＊

「ここが衣之渡川かよ……。すごいな」

忍は川を見下ろし、目を瞬《しばたた》いていた。

衣之渡川は川というより諏訪湖とつながった水路で、流れが淀《よど》んでいるため、水面いっぱいに葦《あし》が生え、まるで沼地のような状態だった。

無数の枯れた葦が、冬の風に揺れている。

えびっこ橋のむこうは、すぐ諏訪湖だ。

岸辺には、観光用の白鳥を象《かたど》った遊覧船が停泊している。正月なので、今日は営業は休みだろう。

諏訪湖とは反対側は、国道だ。

車は通るが、人通りはほとんどない。

正月のことで、周囲のビルや工場のような建物にもまったく人の気配がしなかった。

(ここで橋占やればいいのか)

忍は橋のたもとに立ち、あたりを見まわした。

香司と横山、それに香太郎《こうたろう》を乗せたレンタカーは、少し離れたところに停《と》まっている。

(どうすんだよ？　人がいねえし、通る奴《やつ》が話してるって保証もねえし。なんか、オレ、安請《やすう》け合《あ》いしちまったかなあ……)

忍は、少しばかり後悔しはじめた。

使い捨てカイロで暖めているとはいっても、コートなしでは防寒にも限度がある。

このまま一時間くらい立ちっぱなしだったらどうしようと、不安になる。

さらに十数分たったが、いっこうに通行人は現れない。

白い息を吐きながら、草履を履いた足で小さく足踏みしていた時だった。

ふいに、後ろのほうから橋を渡ってくる足音が聞こえてきた。

(来た!)

忍は、勢いよく振り返った。

そこには、笠《かさ》をかぶった地蔵が七体いた。赤い前掛けをかけている。最後の一体は笠ではなく、手拭《てぬぐ》いで頬《ほお》かむりしていた。

(へっ?　地蔵?　笠……地蔵?)

大きく目を見開く忍の横を、笠地蔵たちがぺたぺた歩いていく。

「隣の家に囲いができたってねえ」

「へー」

気のぬけたような会話が、忍の耳に届いた。

(へっ?　これが……橋占?　これでいいのか?　……んなわけねえよな)

呆然《ぼうぜん》としていると、今度は反対側から着物を着た狐《きつね》と狸《たぬき》が歩いてきた。両方とも後脚《あとあし》で立っている。どう見ても妖だ。

狐も狸も、忍にはほとんど興味を示さなかった。

「……ふんふん、それで?」

狸がしたり顔で尋ねると、狐が肩をすくめた。

「毎日がエブリデイですよ」

（はあ？）

忍はポカンとしたまま、妖たちを見送った。

数秒遅れて、携帯電話が鳴る。

「……あ、はい」

「俺だ。何か聞けたか？」

香司の声がする。

「いや……聞けたっていうか……。これ、本当に吉凶とか占えるのか？」

「もちろんだ。千年以上の歴史を持つ立派な占いだぞ」

「ホントにホントか？」

忍は、相手の姿をまじまじと見た。

何かだまされているような気がする。

その時、また後ろから足音が聞こえてきた。

（今度はなんだ？）

携帯電話を耳もとにあてたまま、忍は振り返った。

そして、固まる。

江戸《えど》時代の町人のような格好の男が立っていた。髷《まげ》を結い、紺の半纏《はんてん》を着て、ももひきと脚絆《きゃはん》をつけている。

男は天秤棒《てんびんぼう》で、引き出しが五、六個ついた箱を二つ担《かつ》いでいた。

箱の表面には、丸に大の字。筆文字で「定斎屋《じょうさいや》」と書いてあるが、忍には読めない。

(何、こいつ?)

忍は、眉根《まゆね》をよせた。

男のほうから漂ってくる濃厚な妖気《ようき》は、妖のものだ。

「奥州《おうしゅう》はぁ齋川《さいかわ》の名産、孫太郎虫《まごたろうむし》ぃ、五疳驚風《ごかんきょうふう》、虫一切の妙薬ぅ。箱根《はこね》の名産、山椒《さんしょう》の魚、胃腸、血の道、冷え一切の妙薬ぅ」

陰気な声で男が言う。

どう考えても、これは友好的な妖ではない。

(やべえ。視《み》えないふりしなきゃ)

忍は、後ずさった。

以前、「鼠《ねずみ》とり薬売り」という妖に会った時も、視えないふりをするように言われたことがある。

きっと、この男も目をあわせてはいけない種類の妖に違いない。

男が、忍にむきなおる。その目が妖《あや》しく光ったようだった。

「俺が視えるか」

男がニヤリと笑った。

「視えねえ！　視えねえよ！」

「忍！　逃げろ！　危ない！」

香司が車から飛びだし、こちらに駆けよってくるのが見えた。

しかし、それより早く男の痩《や》せた腕がのびてくる。

「人間の目、いい薬になる……」

「さ……わるな！」

とっさに、忍は男の腕をふりはらった。冷たい生肉のような、ぐにゃりとした感触がある。

（気持ち悪い……）

「目玉よこせ。肝よこせ」

ククククッと笑いながら、男が襲いかかってくる。

「うわあああああーっ！　来るな！　やめろーっ！」

忍は両手をふりまわし、悲鳴をあげた。

その瞬間だった。

「定斎屋、去れ」

パンと手を叩《たた》く音と同時に、よく響く男の声がした。

あたりがパーッと白く輝きはじめる。

定斎屋が悲鳴をあげ、逃げだすのがわかった。


（え？　今の……香司じゃねえ）


恐る恐る、忍は声のしたほうを見た。

そこには、長身の青年が立っていた。白い着物を着て、紺の袴をはいている。この寒さのなか、羽織もコートも着ていない。素足で下駄を履いている。

真っ黒な髪は今時めずらしく七、三にわけていた。

顔だちは端正で、上品な雰囲気だが、見るからに怪しい。

「危ないところでしたね、お嬢さん。あれは、定斎屋という薬売りの妖です。風に乗って現れて、時おり、不運な人間の目をえぐって持ち去るので、私も注意して見回っているのですよ」

真面目な口調で、青年が言う。

軽いデジャビュのようなものを感じて、忍は眉根をよせた。

たしか、以前にも似たようなことがあって、同じような雰囲気の青年に助けられた気がする。

気のせいだろうか。

（……っていうか、誰《だれ》、この人？　寒くねえの？）

「あの……ありがとうございました」

本当は男だと言おうか言うまいかと迷いながら、忍はペコリと頭を下げた。

「大丈夫だったか、忍？」

駆けよってきた香司が青年を見、緊張した表情になった。

「助けていただいて、ありがとうございます。私からもお礼を申し上げます」

（ん？　どうしたんだろう、香司。いきなり「私」だし）

忍は、首をかしげた。

青年は香司にむかって、穏やかに微笑んだ。

「橋占をしていたようですね。よい結果は出ましたか？」

（え？　橋占してるってわかったのか？　この人……やっぱ、術者とか？）

だとすれば、怪しい格好もなんとなく納得がいく。

「結果は……よくわかりません。二回とも妖だったし、一回目は『隣の家に囲いができたってねえ』『へー』でしたし、二回目は『毎日がエブリデイ』でしたし……」

「なるほど」

青年は笑いもせずに、真顔でうなずいた。

「意味、わかります？」

「橋占の場合、妖は数に入れません」

青年の言葉に、忍はがくーっと肩を落とした。

「そうですか。そんな気がしていました」

忍の側《そば》で、香司が気の毒そうな顔をしている。

凍えそうな風が吹きぬけてゆく。

忍は冷たくなった足で無意識に足踏みしながら、香司の顔を見た。

「どうするんだ？　まだ橋占つづけるのか？」

香司が答えるより先に、青年が口を開いた。

「もしかすると、お役に立てるかもしれません。ここを通りかかったのも、何かの縁でしょう。その短冊を見せてもらえますか」

（いいのかな）

目で香司に尋ねると、黒髪の少年はうなずいた。

「これ……お願いします」

忍は、懐《ふところ》から出した短冊を青年に渡した。

青年は短冊を手にとった。

短冊がぼーっと淡く光る。

（え？　光ったよ……）

青年は驚きもせず、短冊のなかを見、もう一度、丁寧に畳みなおして香司に手渡した。

「風鬼を捜しているのですか。なるほど。……そういえば、私もここ一月《ひとつき》ほど姿を見ていません」

「え？　風鬼を知っているんですか？」

「知っています。立ち話もなんですから、私のところにおいでなさい。その格好では、寒いでしょう」

青年が、先に立って歩きだす。

忍と香司は顔を見合わせ、青年の後を追いかけた。

＊　　＊

連れてこられたのは、諏訪大社下社《たいしゃしもしゃ》だった。

諏訪大社は花火大会で有名な諏訪湖をへだてて、上社《かみしゃ》と下社がある。上社はそれぞれ本宮《ほんみや》と前宮《まえみや》、下社は春宮《はるみや》と秋宮《あきみや》に分かれていた。

御柱《おんばしら》祭で切り出された樅《もみ》の丸太は、この四つの社《やしろ》にそれぞれ一本ずつ奉納されるという。

忍と香司が来たのは、下社の秋宮。下社の社務所もこちら側にある。

きつい坂をのぼっていくと、古色蒼然《こしょくそうぜん》とした風景のなかに、ひっそりとたたずむ社が現れる。

緑の池を左手に見ながら鳥居をくぐると、正面にネイリの杉と呼ばれる巨大な御神木が見えてきた。

冬の陽《ひ》を浴びて、広い境内《けいだい》の隅に太い木の柱——御柱が高くそびえ立っていた。

（なんで、諏訪大社？　よくわかんねえけど、気持ちいいところだな。ここの境内にいると、なんかホッとする……）

忍は、キョロキョロとあたりを見まわしていた。

ここに来る途中で、白いズボンと若草色のピーコートに着替えていた。

ピーコートのなかには、白地に若草色とラベンダーのボーダー柄のタートルネックのセーターを着ている。

横山は、レンタカーのなかで香太郎と一緒に留守番をしている。

青年は当たり前のような顔で社務所にあがりこみ、奥に入っていく。

畳敷きの部屋で事務仕事をしていた巫女《みこ》や禰宜《ねぎ》たちも、青年をとがめようとはしない。

「もしかして、ここの関係者なのか？　一緒に入っちまって大丈夫か？」

忍は、こっそりと香司にささやいた。

香司は微妙な顔をしている。

「関係者というか……まあ、関係はあるんだろうがな」

「なんだよ？　その奥歯にものがはさまったような言い方……」

「いや、すぐにわかると思うぞ。たぶん、神社の人には叱《しか》られないだろうから、心配はするな」

「ふーん……。なら、いいけど」

（何隠してるんだよ？）

忍は、眉根をよせた。

青年は社務所の一番奥の座敷にあがりこみ、忍たちにえび茶色の座布団《ざぶとん》を勧め、座るように言った。

普段は、何に使っている部屋なのかわからない。

シンとした部屋のなかは陽が射《さ》しこんで暖かく、ほのかにいい匂《にお》いの香が漂っていた。

「どうぞ、楽にしてください」

青年が、穏やかな口調で言う。

香司が座布団の横で畳に両手をつき、深々と頭を下げた。

「助けていただきまして、ありがとうございます」

（誰なんだ、この人？　香司がここまで丁寧にするのって……）

忍は、目をパチクリさせている。

「御剣の裔《すえ》は、礼儀正しいですね。しかし、ここでは堅苦しい挨拶《あいさつ》は不要です」

青年は座布団に座り、軽く手を叩いた。

中年の巫女が入ってきて、また出てゆく。戻ってきた時には、お盆に湯気の立つ茶碗《ちゃわん》と和菓子の皿をのせていた。

「ゆっくりしてください、御剣香司殿、松浦忍殿」

「あ……オレたちの名前、ご存じなんですか？　あの……失礼ですが、どなたなんでしょうか」

忍は、恐る恐る尋ねた。

香司が横から低く答える。

「諏訪明神《みょうじん》だ」

「はあ？　諏訪明神……？」

（……って、神さま⁉）

言われた言葉が信じられなくて、忍はまじまじと青年の顔を凝視した。

たしかに普通の人間ではないと思ったが……。

「堅苦しい態度をとらなくてもけっこうです。普段は一郎《いちろう》と呼ばれていますので、そう呼んでいただければ」

「一郎……さん？」

（なんで、一郎？）

忍は、目を瞬いた。

香司も不思議そうな顔をしている。どうやら、諏訪明神が一郎と名乗ったのは、香司にとっても意外なことであったようだ。

「お二人には、愚弟がいつも迷惑をかけていますね」

ため息をついて、青年――一郎が言う。

忍は目をパチクリさせ、香司の顔を見た。

（そんな知り合い、いたっけ？　ぐていって誰だ？）

目で尋ねると、香司が首を横にふる。

（そうだよなあ。何かの間違いなんじゃねえのか？）

その時、廊下のほうから軽い足音と聞き覚えのある声がして、襖《ふすま》がカラリと開いた。

「兄さん、忍君と香司君が来ているんですって？」

（え？　ええっ!?）

忍は、侵入者をまじまじと見た。

そこに立っていたのは、白い綿シャツと縞《しま》の着物に紺の袴、丸い銀ぶち眼鏡《めがね》という書生のような格好の青年だった。

肩くらいまである黒髪を首の後ろで結んでいる。

目鼻だちは整っているが、茫洋《ぼうよう》とした雰囲気のせいか、さほど美形には見えない。

「三郎《さぶろう》さん……！　なんで、ここに⁉」

青年は八百万の神々の一人で、名を三郎という。風の神だ。

綾人と親しく、よく一緒に行動しているが、出雲《いずも》での事件の後、行方がわからなくなっていた。

一説によると、あまりに悪戯《いたずら》が過ぎたため、富士《ふじ》の風穴に閉じこめられてしまったともいう。

忍は一年前の冬、登校中に三郎と出会い、「鼠とり薬売り」という怪しげな妖から助けてもらった。

今から思えば、あの朝がすべての始まりだったかもしれない。

二度目に鼠とり薬売りに襲われた時には、香司が助けてくれた。

香司は忍を逃げた婚約者の代理にしようと思いつき、御剣家に連れていった。

あの出会いがなければ、今も忍は普通の高校生として暮らしていたかもしれない。

「うん。ちょっと通りかかったから寄ってみたんだけど、君たちと会えてうれしいな」

のほほんとした口調で、三郎が言う。

一郎が苦虫を嚙《か》みつぶしたような顔になって、三郎をじっと見た。

「いきなり乱入してきて、言うことはそれだけか、三郎？」

「失礼しました、一郎兄さん。つい懐《なつ》かしくて」

三郎は座りながら、ほわーっとした顔で笑った。

(ええっ⁉　兄さん⁉)

忍は三郎と一郎の顔を交互に見、呆然としている。

香司も、驚いたような表情になっていた。

「それでは、弟さんというのは……」

「これです。お恥ずかしい」

眉間《みけん》に皺《しわ》をよせて、一郎が答える。

「えええええーっ⁉　風の神さまが、どうして諏訪明神の弟さんなんですか？」

三郎が忍たちにむきなおり、笑顔で言った。

「それについては、私から話そう。あまり知られていないけれど、諏訪明神は風神《ふうじん》なんだ。古来、風は『長いもの』だと思われていた。そして、『長いもの』とは蛇だ。大蛇《おろち》一族のような水性《すいしょう》の蛇じゃなくて、木性《もくしょう》の蛇だけれどね。我々は三人兄弟で、長兄が諏訪明神として社を護《まも》り、次男と三男が風神として日本全国を旅して歩いている」

「蛇……ですか」

忍の背筋に、たらりと冷たいものが流れた。

(……ってことは、ホントに鏡野一族と近かったんだ)

香司がふっと何かに気づいたような瞳《ひとみ》になった。

「まさか、雲外鏡が言っていた『諏訪の風鬼』が妖の三兄弟というのは……」

「え？　まさか、三郎さんたちの兄弟のことなのか⁉　たしかに風だし、三人兄弟だけど」

目を見開いた忍を見、一郎がため息をついたようだった。

「我々は、風鬼ではありません。あれは妖ですから」

「あ……そうなんですか。すみませんでした」

忍は慌てて、ペコペコ頭を下げる。

三郎は規格外だったので、さほど気は遣《つか》わなかったが、一郎のように立派な神さまの前では緊張してしまう。どんな態度をとっていいのかわからない。

「諏訪の風鬼って言ったね。もしかして、君たちは風鬼を捜しにきたのかい？」

呑気《のんき》な口調で、三郎が尋ねてくる。

「そうですけど……ご存じなんですか？」

忍の問いに、兄弟は顔を見合わせた。

「知ってはいるけれど、そういえば、ここしばらく姿を見ないね、兄さん」

ポツリと、三郎が呟く。

「風鬼って、どんな妖なんですか？」

「カマイタチだよ」

「カマイタチ……ですか」

「そう。三兄弟で、諏訪湖の畔《ほとり》の剣《つるぎ》神社によく出入りしていた。調べに行くなら、案内してあげよう」

　三郎は、ニコッと笑った。

　一郎が、コホンと咳払《せきばら》いする。

「三郎、おまえはここに残りなさい。剣神社には、私が行こう」

「どうしてですか、兄さん？」

「さんざん悪戯をした挙げ句、風穴に閉じこめられてもまだ懲《こ》りないのか。せめて正月くらいは、おとなしくしていてくれ」

「悪戯じゃありません。私は、気の毒な人間たちのためを思って……」

「本来、我々は命と運命に手出しをしてはならないのだ。たとえ善意であったとしても、誰かの運命をねじ曲げ、別の方向にむけるのは許されないことだ。それは、我らにあたえられた『分《ぶん》』を超えている」

　厳しい表情で、一郎が言った。

　三郎は、のほほんとした笑顔で答える。

「私は、助けられる命があったら助けていいと思うんですけれど……」

「助けた結果が悪く転ぶこともある。その行く末までも、おまえは見届けることができるのか？　おまえが運命をねじ曲げた結果、苦しんでいる者がいないか？　……水は常に高いところから低いところへ流れる。それを逆流させるのは、やはり不自然な行為なのだよ」

「はい……」

観念したように、三郎は頭を下げた。

（三郎さん、また何かしたんだろうか）

どう見ても、一郎に説教されているように見える。

違和感に、忍は首をかしげた。

（えーと……この二人って八百万の神さまなんだよなあ。そう見えねえけど）

「その剣神社は、ここからどのくらいの場所にありますか？」

短い沈黙の後、香司が尋ねる。

「人間の足ならば、歩いて一時間ほどでしょうか」

一郎は、何事もなかったように穏やかに答えた。

＊　　＊

「ここが……剣神社ですか」

丹《に》もはげかけた鳥居を見上げて、忍は呟いた。

正月だというのに、参拝客はいない。

賽銭箱《さいせんばこ》には、大きな鍵《かぎ》がかかっていた。

閑散とした雰囲気の境内の片隅で、黒髪の大柄な若者がぼんやりとしている。

身長は百九十センチ以上ありそうだ。

がっしりした身体《からだ》つきで、冬だというのに白いランニングシャツと赤いニッカーボッカーという格好だ。足もとは、地下足袋である。

「太一《たいち》君」

一郎が呼びかけると、太一と呼ばれた若者は弾《はじ》かれたように顔をあげ、こちらに近づいてきた。

「一郎さま……」

「太一君、久しぶりですね。会えてよかった。君たちに、紹介したい人たちがいるのです。東京から来られた御剣香司さんと、松浦忍さんです」

紹介されて、忍たちは「よろしくお願いします」と頭を下げた。

太一は「御剣？」と呟き、慌てたように一礼する。

「こんな田舎《いなか》まで、よくお越しくださいました。こちらこそ、どうぞよろしくお願いいいた

します」

（……誰だ、この人？）

忍の疑問に気づいたように、一郎が静かに言う。

「太一君は、人間界での名前を狩屋《かりや》太一といいます。君たちが捜している風鬼の三兄弟の一番上のお兄さんですよ」

「え？　この……方がカマイタチですか？」

信じられなくて、忍は太一の顔をまじまじと見た。

どう見ても、道路かビルの工事現場にいそうだ。

香司も意外そうな目で、太一の姿をながめている。

「カマイタチっぽく見えませんか」

苦笑して、太一が尋ねかえしてくる。

「少し驚きました。人間界で普通の人間のなかに交じって暮らしていらっしゃるそうですが、普段は何を……？」

香司が丁寧な口調で尋ねる。

「建設関係の会社で働いています」

（やっぱ、工事現場かよ）

なぜ、妖が会社勤めをしているのか、よくわからないが。

「今日は、裕二《ゆうじ》君と賢三《けんぞう》君はいないんですか？」

微笑んで、一郎が境内を見まわす。

太一と呼ばれた青年は、つらそうな表情になった。

「すみません。賢三は……戻ってこないかもしれません。裕二も今のままでは、どうなるか……」

「戻ってこない……？」

忍は、まじまじと太一の顔を見上げた。

「賢三は……三男ですが、鏡野継彦《つぐひこ》の手に落ちたのです。次男の裕二も鏡野継彦に封印され、行方知れずです」

静かな声で、太一が言った。

「え……!?　鏡野継彦!?」

鏡野継彦というのは大蛇一族の現当主、鏡野綾人の叔父《おじ》である。

去年の夏に綾人を追い落とし、当主の地位を手に入れようと企《たくら》み、失敗して一族を追われた。

現在は夜の世界の三種《さんしゅ》の神器《じんぎ》――鏡野家の辺津鏡《へつかがみ》、御剣家の八握剣《やつかのつるぎ》、玉川《たまがわ》家の生玉《いくたま》を手に入れ、闇《やみ》の言霊主《ことだまぬし》と呼ばれる暗黒の帝王になろうとしている。

八握剣は、勘当されたとはいえ、まだ霊的には御剣家の次期当主である香司が持っている。

　だが、生玉と辺津鏡はすでに継彦の手もとにあった。

「それ、どういうことですか？」

「ことの起こりは、一月ほど前です。鏡野継彦が、剣神社に現れたのです。どこで怪我《けが》をしたのかは知りませんが、ひどい傷でした。そして、賢三に傷を治せと命じたのです。ご存じのように、我々、カマイタチは三体で行動します。まず、先頭にいる俺が敵を転ばせます。次に、次男が鎌《かま》で切ります。三男が傷口に薬を塗り、大怪我にならないようにして去ります。ですから、賢三は薬を持っているのです」

「だから、カマイタチの傷はスッパリ切れるわりには血もあまり出ないし、治りも早いんだ」

　横から、ボソリと香司が補足する。

「へえー……そうなんですか。初めて聞きました」

　忍は、目をパチクリさせた。

「それで、賢三さんは傷を治してあげたんですか？」

「いいえ。断りました。我々は自由な妖です。たとえ大蛇相手でも屈したりはしません。しかし、断ったとたん、鏡野継彦は邪悪な大蛇の本性をむきだしにして我々に攻撃をしかけてきたのです。刃向《はむ》かった裕二の鎌は、鏡野継彦に折られてしまいました。鎌がなければ、我々三兄弟は力を失い、やがては消えてしまうしかありません。裕二はそのまま倒れ、あいつの部下に連れていかれてしまいました」

悲しそうな顔になって、太一が言う。

「その治せって言った傷って……」

「ああ、〈大蛇切り〉の傷だろうな」

香司が呟く。

「そっか……。あの時の傷か」

忍の脳裏に、出雲の事件の記憶が甦《よみがえ》ってきた。

継彦の刃《やいば》に切り裂かれ、血を流していた香司。

誰よりも大切な人を護るため、忍は手のなかにあった〈大蛇切り〉と呼ばれる小刀を継彦にむかって投げつけたのだ。

〈大蛇切り〉は京都の鬼たちが貸してくれたもので、水性の妖、とくに大蛇を剋《こく》する力を持つ。

継彦は手負いのまま、逃げ去った。

あの一件によって、忍は継彦の個人的な恨みを買うこととなった。

「賢三は、折れた鎌の破片を返してもらおうと鏡野継彦のところに交渉に出かけました。破片さえ戻れば、鎌を直すことはできますから。でも、俺は大蛇は信用できないと反対しました。あいつは聞き入れませんでした。賢三は、そのまま戻ってこなかったんです。鏡野継彦の部下になれば、鎌の破片を返してやると言われ、それを信じたのかもしれません。もっと強く止めればよかったんですが……」

重苦しいため息をついて、太一は自分の足もとを見つめた。

忍と香司は、顔を見合わせた。

香司が静かな目で忍をじっと見、太一のほうに視線をむける。

「我々はカマイタチが持っているという因縁を断ち切る刃物を捜しにきたのですが、もしや、その刃物は鏡野継彦に折られてしまったのでしょうか?」

「因縁を断ち切る……刃物ですか。折られたのはただの鎌で、お捜しのものとは違うと思います。ただ、もしかしたら……」

「心当たりがあるのですか?」

「そういうものかどうかはわかりませんが、俺たち三兄弟の力がもとに戻れば、出すことのできる鎌があります。とても大切な鎌なので、遊び半分に見せてはいけないと言われていますが、もし、俺が賢三と裕二を取り戻すことができたら、その鎌をお目にかけましょう」

太一は、つらそうに微笑んだ。

鏡野継彦への怖《おそ》れからか、御剣家に頼ることへの不安からか、太一ははっきりと「助けてくれ」とは言わなかった。

しかし、香司はカマイタチが口に出せなかった願いを察したようだった。

「わかりました。我々も協力させていただきましょう」

香司の言葉に、太一の瞳が明るくなった。

「ありがとうございます、御剣さま。妖に厳しい方とうかがっておりましたが、そんなことはなかったのですね。……すみません。助けていただけたら、もう人間に悪戯はしませんから」

「そう願いたいものですね」

香司の端正な顔に、微苦笑のようなものがよぎった。

御剣家は妖たちのあいだでは、やはり「人間の味方」なのだろう。

人と妖、二つの世界の架け橋として存在していると言っても、それを信じさせるのは難しいのかもしれない。

「大丈夫ですよ。香司は……香司さんは、とても強いんですから。きっと、弟さんたちを助けてくれますよ」

忍の言葉に、太一はようやくホッとしたようにうなずいた。

その側で、一郎も静かに微笑んでいる。

＊　＊

同じ頃《ころ》、諏訪湖の畔《ほとり》を一台の外車が走っていた。

運転しているのは、人形のようにのっぺりした顔の男だ。紺のスーツを着ている。

車の後部座席には、ダークスーツ姿の壮年の紳士が座っている。

オールバックにした髪は、脱色したような銀色だ。肌は白く、切れ長の目は闇のように黒い。

整った貴族的な顔は少し青ざめ、どことなく疲れているように見えた。

これが、鏡野継彦だ。

助手席には、陰気な青年が座っていた。

黒い帽子に黒いコート、黒いズボンという黒ずくめの格好で、痩せて青白い顔をしている。

この青年は大蛇一族の軍師で、名は戸隠《とがくし》。

性格は冷酷非情。同族にも平気で手をかけるので、仲間たちからさえ怖れられ、忌《い》み嫌《きら》われていた。

現在は主《あるじ》である継彦に従い、一族を離れて流浪《るろう》の身になっている。

「御剣香司と松浦忍は、やはり諏訪にやってきているようでございます」

戸隠が暗い声で言う。

「そうか。正月早々、ご苦労なことだな。人間どもの狙《ねら》いはなんだ？」

「はっきりとはわかりませんが、先ほど諏訪明神と接触し、剣神社に入った模様です」

「剣神社だと？」

「はい。かつて、御剣家の八握剣が安置されていた社《やしろ》です。今は神社とは名ばかりで、宮《ぐう》司《じ》もおりません。たまに諏訪明神が出入りしているとも聞きますが。場所がらのせいか、風……つまり、木気《もっき》が強いため、木性の妖が引きよせられてきて吹きだまりのようになっておりますす。たしか、例のカマイタチの三兄弟が棲《す》みついていたのも剣神社でございましたな」

「ほう……。面白い因縁があるものだ」

継彦が、薄く笑う。

やがて、外車は小さな公園の側で停まった。

公園のなかから一人の青年が出てきて、後部座席に乗りこむ。

歳《とし》は二十二、三だろうか。灰色のスーツに白衣を羽織っている。端正な顔だちだが、地味な印象がある。

「時間どおりだな、賢三。カマイタチの三男は優秀だ」

冷ややかな声で、継彦が言った。

「時間を守るのは、社会人の基本でございます」

感情を表さない声で、賢三が答えた。

「面白い奴だ」

「お褒めいただき、恐縮です。ところで、お約束のものは見せていただけますでしょうか?」

「約束のものとは?」

「とぼけるとは、継彦さまもお人が悪い。次兄の鎌の破片でございます。持っておいでですね?」

賢三の言葉に、継彦はすっと左の手のひらを持ちあげた。

その手の上に、ぼーっと淡い光の球が現れる。

光の球のなかに、ゆらゆらと揺れる影のようなものが映った。

よく見ると、影は刃物の破片のようだった。

「カマイタチの鎌の破片はたしかに持っているが」

「それでございます。次兄、裕二のものに間違いございません」

「ほう。わかるか」

「わかります。兄弟でございますから」

「では、これを返してほしかったら……わかるな？」

継彦の言葉に、賢三は岩のような無表情になった。

「なんなりとお申し付けください」

「よい返事だ。……おまえはカマイタチとしての技のほかに、封印の術に優れているとか」

「優れているかどうかはわかりませんが、ひととおりのことはできるかと存じます。何か封印したいものがおありですか？」

賢三は、淡々とした口調で尋ねた。

継彦が小さくうなずき、右手を光の球の上にかざした。

刃物の破片の映像が揺らいで消え、かわって忍の姿が現れる。

「美しい方ですね。これは……人間ですか」

無表情のまま、賢三が光の球をじっと見る。

「玉川家の裔《すえ》の松浦忍だ。御剣香司の元婚約者で、今も御剣家の保護下にある。『女に見える呪い』がかかっているせいで美少女にしか見えないが、実は男だ」

「男ですか、これが……。とてもそうは見えませんが」

賢三は、少し驚いたように忍の姿を凝視した。

「そうだ。おまえに封じてもらいたいのは、この少年の心の一部」

「心の一部……でございますか?」

「御剣香司への想《おも》いを封じてもらいたい。できるか?」

継彦の問いに、賢三はしばらく黙りこんでいた。

それから、静かに答える。

「やってみましょう」

「そうか。頼んだぞ」

「は……」

再び車が停まり、賢三が降りていく。

それを見送り、戸隠がボソリと言った。

「継彦さま、どうせ封じさせるのでしたら、心の一部ではなく全部のほうがよろしいのでは?」

「なぜ、私がこんなことをするのかわからないのか。おまえも、まだまだ甘いな」

冷ややかな声で、継彦が言う。

「八握剣を手に入れるためではございませんか」

「むろん、それもある。だが、もっと大きな目的は復讐《ふくしゅう》だ。心の一部を封じられたほうが、より苦しみは深いだろう。忘れ去られた御剣香司の苦痛もな」

「なるほど。さすがは継彦さまでございます。松浦忍と御剣香司を苦しめ、なおかつ動揺する御剣香司の隙《すき》をついて八握剣も手に入れようというご計画ですか。二兎《にと》を追うものはいっ……いえ、一石二鳥でございますな」

　途中まで言いかけて、後部座席から発せられた冷たい妖気を察知したのか、戸隠は慌てたように言い換えた。

　継彦はふんと笑ったきり、黙って窓の外をながめている。

＊

＊

　窓の外に暗い山の稜線《りようせん》と、まだほのかに明るさを残す夕空が見えた。

　忍と香司は、諏訪湖から車で一時間ほど離れた山中のリゾートホテル、諏訪インペリアル・パレス・ホテルにいた。

　五階のスイートルームである。

　このあたりはビーナスラインと呼ばれている。

　周囲には、リゾートホテルやペンションが点在していた。

　夕食までには、もう少し時間がある。

　横山は香太郎が外に出せと騒ぐので、猫用のリードをつけて散歩に出かけている。

　剣神社で、太一と会った後だった。

「賢三と裕二、なんとかして助けてやらねえとな」

ペットボトルの緑茶を飲みながら、忍が言った。

入浴直後なので、備えつけの白いガウンに身を包んでいる。

忍がいるのは、ベッドルーム、ダイニング、リビングと三部屋つづいたスイートルームのリビングだ。

やわらかな曲線を描く布張りの椅子《いす》、ウェルカムフルーツの籠《かご》をのせたガラスの円テーブル、繻子《しゅす》のカバーをかけたクッション。

カーテンを開いた窓の外に、遮るもののない夜空と信州《しんしゅう》の森が広がっている。

「そうだな」

忍の側に立つ香司は、心ここにあらずといった風情《ふぜい》で相づちをうつ。

こちらは、まだ黒いスーツ姿だ。

香司の視線は、忍の汗ばんだ喉《のど》や唇のラインを無意識になぞっている。

「鏡野継彦に鎌を折られたなんて、かわいそうだよな。カマイタチって、鎌がねえと困るんだろ？」

「そうだな」

またしても、気のない返事が聞こえてくる。

「……聞いてるのか、香司？」

少し眉根をよせて、忍は恋人の顔を見上げた。

香司は、すっと忍のガウンの胸もとから視線をそらした。

「聞いてるぞ。まったく……カマイタチの奴も気がきかない。おまえを寒い境内に立たせっぱなしにするとはな」

「大丈夫だって。香司は心配しすぎだってば」

忍はドライヤーで乾かしたばかりの髪を手櫛《てぐし》ですきながら、ため息をついた。

香司は橋占で冷えた忍がさらに寒いなかを連れ回され、風邪《かぜ》をひいたのではないかと心配しているのだ。

（さっき、一回くしゃみしただけで、これだよ……。なんか、最近、桜田門《さくらだもん》とか五十嵐みたいに過保護だぞ、おまえ）

「風呂《ふろ》入るなら、香司も入ってこいよ。ここの風呂場、大理石だぞ」

浴室のあるベッドルームのほうを指差すと、香司はチラリと忍を見、微笑んだ。

「せっかくのお誘いだ。入ってくるか」

「誘いってなんだよ。オレは、ただ風呂に入れって言っただけじゃん。変なこと考えるなよ」

うっすらと赤くなって言うと、香司がからかうような目になった。

「もちろん、わかっている。いじめ甲斐《がい》のある奴だな」

「いじめ甲斐って言うな！」

忍は拳《こぶし》を固め、香司の胸を殴ろうとした。

だが、拳が届くより先に香司がすっと避《よ》ける。

「あたらないぞ、おまえの猫パンチ」

「猫パンチじゃねえ！」

ムキになった忍は立ちあがり、ポカポカと殴りかかった。

「本当に可愛《かわい》い奴だな、おまえは」

ことごとく攻撃をかわされ、一瞬の隙をついて、唇を盗まれる。

（ぎゃー！）

してやったりという顔でニヤリとする香司が、憎らしい。

忍は片手で唇を押さえ、香司を睨《にら》みつけた。

香司は楽しげな様子で、忍の手の届かないところまで逃げていく。

いつになく上機嫌な姿は、子供のようだ。

（バカだ、あいつ）

クッションをぶつけてやろうかと、ソファーに手をのばしかけた時だった。

備え付けの電話が鳴った。

「はい」

とっさに、忍は受話器をとった。

電話は、フロントからだった。落ち着いた女性の声が聞こえてくる。

「松浦忍さまあてにお花が届いております。差出人のお名前は、鏡野綾人さまとなっておりますす。お部屋にお持ちしてもよろしいでしょうか？」

「え？　あ……はい。お願いします」

つい、反射的にそう答えてから、忍は「しまった」と思っていた。

香司に確認をとってからにすべきだったのだ。

しかし、今さら捨ててくださいとも言えない。

（どうしよう……。せっかく機嫌いいのに）

ベッドルームのドアのあたりで、香司がこちらを見ている。

「なんだって？」

「うん、えーと……花が届いてるらしいんだ」

苦し紛れに、忍は曖昧《あいまい》な返事をする。

「誰からだ？」

「鏡野さん……」

忍が言ったとたん、香司がため息をついた。

「まったく……どこまでしつこいんだ、あいつは」

「どうする？　やっぱ、捨ててもらう？」

「受け取っておけ。まあ、いいだろう。花に罪はない」

鷹揚《おうよう》に言って、香司は入浴の準備をはじめる。

余裕のある態度だ。

それは、忍の心をしっかりつかまえているという自信の表れだろうか。

以前の香司ならば、腹をたて、半日くらい不機嫌になっていたかもしれない。

忍は少しホッとして、女物の化粧ポーチからクリームをとりだし、顔に塗りはじめた。

御剣家のメイドたちに基礎化粧品一式を渡され、塗る順番まで指定されているものの、それに従うつもりは毛頭ない。

だが、空気が乾燥しているので、一番匂いが我慢できるクリームだけは使っていた。

ややあって、左手の廊下に面したドアをノックする音がした。

「はい」

忍は、ドアに駆けよった。

そこには、ホテルの制服を着たベルボーイが一抱えもある派手な花束を抱えて立っていた。

（うわ……すげえ花）

そう思ってから、忍は軽い違和感を覚え、首をかしげた。

綾人が自分に贈ってくれる花にしては、妙だった。

真ん中に真っ赤な薔薇《ばら》をぎっしり集め、まわりを得体の知れない緑の葉で囲み、その外側に白い百合《ゆり》をぐるりと配置して青い紙でくるむというのは、どう考えてもセンスが悪すぎる。

「どうぞ」

「あ、どうもありがとうございます……」

差し出された花束を受け取り、ドアを閉めてから、忍はため息をついた。

（鏡野さん、こんなセンスだったかな……？）

薔薇の花のなかに、紫のカードが挿《さ》してあるのが見えた。

カードには、金色の文字で「鏡野綾人より愛をこめて」と書いてある。

（愛っ！　やめろ！　恥ずかしい！）

「ずいぶん妙な花だな。見せてみろ」

香司が怪訝《けげん》そうに、こちらを見ている。

「なんか変なんだよな……カードも」

ベッドルームのほうに歩きだしながら、忍は何気なくカードに手をのばした。

その時だった。

指先にチクリと鋭い痛みが走った。

「痛っ！」

最初、小さかった痛みはすぐに火傷《やけど》したような痛みに変わっていく。

とっさに指を離した忍の目に、カードの下から這《は》いだしてきた蜘蛛《くも》が映った。

赤と黒の縞模様で、毒々しい色をしている。

「ぎゃあああああああーっ！」

悲鳴をあげて、忍は花束を放《ほう》りだした。

蜘蛛は忍の胸もとに飛び移り、這いあがってこようとしている。

「うわあああああああーっ！　蜘蛛おおおお——っ！」

腕をふりまわした拍子に、手がペンダントの鎖にひっかかったようだった。

一瞬、ぶちっという衝撃を感じたが、それどころではなかった。

「とってとってとって！」

「忍！」

香司の叫び声がしたかと思うと、勢いよく飛んできた和紙の呪符が蜘蛛を弾き飛ばした。

ビシュッ！

（うわっ！　落ちた！）

床に落ちて弾んだ蜘蛛は、そのままボロボロになって灰のように崩れ、消えてしまった。

　忍は噛まれた右手を押さえ、震えていた。

「なんで蜘蛛なんか……！　冬だぞ！」

「大丈夫だったか、忍⁉　蜘蛛は⁉」

　香司が駆けよってくる。

「退治したんじゃねえのか？　崩れて消えたぞ」

「噛まれたのか？　大丈夫か？　見せてみろ」

　心配そうな顔で、香司が忍の手をつかむ。

「うん……」

　握りこんでいた手を恐る恐る開いた忍は、目を瞬いた。

（あれ？）

　噛まれたはずの傷跡がない。火傷したような痛みも、いつの間にか消えていた。

「傷はどこだ？」

　香司も不思議そうに尋ねてくる。

「いや……人差し指、噛まれたと思ったんだけど……。もう痛くないんだ。気のせいだったのかな。蜘蛛も消えちまってるし」

　忍の言葉に、香司が難しい顔になった。

「蠱毒《こどく》かもしれないな」

「こどくって？」

「毒を持つ虫や蛇、蟾蜍《ひきがえる》、犬、猫などを使った呪術の一種だ。まず、術者は複数の虫や獣を器に入れ、土のなかに埋める。やがて、壺《つぼ》のなかでは共食いがおこる。最後に生き残ったものを術に使うんだ。毒の原料とすることもあれば、魂魄《こんぱく》を使役することもある」

「えー？　こどく使われたら、オレ、死んじゃうのか？」

忍は、身震いした。

嚙まれたはずの人差し指に傷がないのが、いっそう気味が悪い。

（鏡野さんが、そんなもの送ってくるはずないし……。誰がこんなこと……？）

「いや、それらしい気配もしないし、蠱毒ではないようだ。横山を呼んで、もう少しくわしく調べさせよう。念には念を入れなくてはな」

香司は携帯電話をとりだし、横山に部屋に来るように指示を出した。

忍は不安な思いで香司が携帯電話を切り、ベッドの横のサイドテーブルに置くのをながめていた。

「毒……でなきゃ、なんか術かけられたのか、オレ？　ただの蜘蛛って可能性は……」

「普通に考えて、正月に蜘蛛がいると思うか？」

「いや……いないと思うけど……」

言いかけた時、忍の首もとからペンダントが滑り落ちた。

（え？）

かすかな音をたてて、ペンダントが床に落ちる。

チェーンが切れていた。

慌ててしゃがみこむと、香司が心配そうに忍のボーダー柄のセーターの肩をつかんだ。

「どうした？　気分が悪いのか？」

「そうじゃねえ。チェーンが……」

香司が床を見、一角獣のペンダントを拾いあげた。

「これか……。俺が呪符でかすめたかな。すまなかった」

「いや、たぶん、オレが自分でひっかけちまったんだと思うけど。直るかな」

香司はペンダントの鎖を軽くいじり、穏やかに答えた。

「大丈夫だろう。これくらいなら、東京に戻って店に持っていけば、一、二週間で修理してもらえるはずだ」

忍は少しホッとして、ちぎれたペンダントを受け取った。

「なら、いいけど。……外で切れたんじゃなくてよかったよ。なくしたら大変だ」

「なくしても、同じものをまた買ってやるぞ。あまり心配するな」

香司が微笑む。

「そういうんじゃないだろ。あの日、おまえからもらったってのに意味があるのに」

忍の言葉に、香司はくすぐったそうな顔になった。そこまで大切に想ってもらっているのがうれしくもあり、恥ずかしくもあったようだ。

「わかった。東京に戻ったら、一緒に店に行こう」

「うん……」

忍は立ちあがり、チェーンの切れたペンダントをサイドテーブルのスタンドの手前に置いた。

ライトの灯りを受けて、ペンダントはしょんぼりしたように光っている。

「なんか寂しそうだな」

忍の呟きを耳にして、香司が自分の中指の狼《おおかみ》の指輪をぬきとり、一角獣のペンダントの側にそっと置いた。

「これなら、寂しくないだろう」

恋人を見る瞳が、とろけそうに優しい。

忍はうっすらと頬を染め、香司の綺麗《きれい》な顔を見つめた。

愛されていると確信するのは、こういう瞬間だ。

「ありがとう、香司。……大好きだよ」

少しためらってささやくと、香司がうれしげな瞳になった。

白い両手で宝物のように忍の頬を包みこみ、そっと唇をあわせようとする。

その時、廊下に面したドアをノックする音がした。

少年二人はびくっとして、身を離す。

「香司さま」

ドアのむこうから、横山の声と香太郎の甘えるような鳴き声が聞こえてくる。

(なんだよ……。いいとこで)

忍は照れ隠しに、髪を撫《な》でつけた。

香司が肩をすくめ、ドアのほうに近づいていく。

＊　　　＊

香司と横山が二人がかりで調べても、忍の指を噛んだ蜘蛛の正体はわからなかった。

少なくとも、蠱毒や式神《しきがみ》ではないようだ。

忍になんらかの術がかけられていたとしても、それとわかるような妖気は感じられない。

香司は心配しながら、様子を見守ることにした。

綾人から届けられたという花束は、香司が調べて、とくに異常がないということは確認した。

しかし、忍はもうその花束と同じ部屋に眠るのはごめんだった。

そこで、花束は厳重な警戒のもと、横山の部屋に置かれることになった。

＊　　　＊

最初の異変が起きたのは、夕食をレストランでとって戻ってきた後だった。

「あれ？　部屋の掃除とかで人が入ったのかな？」

忍は、サイドテーブルの前で首をかしげていた。

置いてあったはずの一角獣のペンダントがない。香司の指輪だけが、寂しそうに転がっている。

「どうしたんだ？」

忍の様子に目敏《めざと》く気づいたのか、香司が尋ねてくる。

「うん……ペンダントがないんだ」

「ない？　どういうことだ？」

「ここに置いて出たのに……。オレ、触ってないし、おまえも持ってないよな。誰かが掃除か何かで動かしたとか……」

「そんなはずはない。チェックインしたのは今日だぞ。俺たちが部屋に入る前に、掃除はすませているはずだ」

「じゃあ、香太郎?」

忍は、眉をひそめた。

子猫が忍の匂いのするペンダントにじゃれているうちに、どこかに持っていってしまったのだろうか。

「いや、こっちのベッドルームのドアは閉まっていたし、コータはリビングで寝ていた。あいつじゃないだろう」

「じゃあ……まさか、盗まれたとか?　でも、なんで、あんなちぎれたペンダントなんか……。換金するにしたって、そんなに金にはならないよな」

(何が目的なんだろう?　気味悪《わり》ぃな)

忍は、身震いした。

香司も、少し心配そうな顔になっている。

「蜘蛛の件といい、ペンダントといい……嫌な感じだな。気をつけろよ、忍。俺も気をつけるが」

「うん……。ごめんな、香司。せっかくのプレゼントなのに」

「気にするな。おまえさえ無事ならいいんだ」

くしゃっと忍の髪をつかみ、香司は微笑んだ。

忍も少しホッとして、笑みをかえした。香司がこう言ってくれるのならば、きっと大丈夫だ。

香司はもう一度、横山を呼んで、二人で部屋のなかをチェックしはじめた。

しかし、侵入者の形跡はなかった。

香太郎も、いつもと変わった様子はない。

「いちおう、ホテルのほうにも被害を伝えておきましょうか？」

横山が尋ねる。

「そうだな……。いや、変に話が大きくなってもまずい。二、三日様子をみよう」

「は……」

恭《うやうや》しく一礼して、横山は部屋を出ていった。

「まったく……大変な正月になったな」

香司が、ため息をついた。

「ごめん……」

自分のペンダントのことでこんな騒ぎになってしまって、申し訳ない気がする。

シュンとなった忍を見て、「しまった」と思ったのか、香司は優しくささやいた。

「おまえのせいじゃない」

「うん……」

「どこか具合の悪いところはないか？」

「大丈夫だよ。どこも悪くない」

「だったらいいが。おまえに何かあったら、俺は生きていられないからな」

さらりとそんなことを言われて、忍は真っ赤になった。

「バカ……。変なこと言うなよ」

「変なことを言ったつもりはないが」

香司は艶めかしい瞳で微笑み、そっと忍の前に跪《ひざまず》いた。

優美な仕草で、陽《ひ》に焼けた指に唇を押しあててくる。

その姿はどんなＣＭのなかの伽羅《きゃら》よりも眩《まぶ》しく、華やかで美しい。

忍は眩暈《めまい》のするような思いで、自分の前に跪く恋人を見下ろしていた。

「忍……」

腰を抱きよせられ、忍は陶然として香司の艶《つや》やかな黒髪に指を滑らせた。

身をよせあう恋人たちの姿が、夜の窓に映っている。

暗い空から、粉雪がチラチラと舞い降りてくるのが見えた。

「雪だ……」

「今夜は冷えそうだな」

忍の腰に腕をまわしたまま、ポツリと香司が呟いた。

「オレがいるよ。あったためてあげるから」

香司の髪を撫でながら、忍は微笑んでささやいた。

東京から遠く離れ、すべてのしがらみが消え去ったように見える夜。

どちらも、この時間が永遠につづくような気がしていた。

第二章　真夜中の大蛇《おろち》

同じ夜だった。
諏訪湖《すわこ》をのぞむ高級旅館の一室で、狩屋賢三《かりやけんぞう》が柱にもたれ、ぼんやりと座っていた。
何を考えているのか、その賢三の表情からはわからない。
カマイタチの傍《かたわ》らの畳に、かすかな気配とともに蜘蛛《くも》が現れる。
少し遅れて、シャリンと音をたて、一角獣のペンダントが落ちてきた。
賢三はペンダントをそっと持ちあげ、薄く笑った。
「届きましたね。これが松浦忍《まつうらしのぶ》が肌につけていた装飾品ですか」
座卓のほうから、継彦《つぐひこ》の声がした。
「どうだ。できるか？」
継彦は酒の盃《さかずき》を手にしている。
賢三は、ゆっくりと主《あるじ》に視線をむけた。
「おまかせください、継彦さま。充分に松浦忍の霊気が染《し》みこんでおります。これならば、役に立つでしょう」

「成果を期待しているぞ」

「は……」

＊　　＊

長野滞在二日目の朝、忍は上機嫌で目を覚ました。

水色と白のギンガムチェックのパジャマ姿のまま、ベッドの隣に寝ている香司《こうじ》にじゃれつき、「まだ眠い」と押しのけられる。

「起きろよー」

押しのけられても気にせず、胸の上に体重をかけ、まだ眠そうな恋人の耳を甘噛《あまが》みする。

観念して、香司が目を開いた。欠伸《あくび》をしながら、忍の髪をくしゃっとつかむ。

「おまえは元気だな」

「ごめん。起こした？」

「起きるようにしておいて……。しょうがない奴《やつ》だ」

ギューッと抱きしめられ、忍は子供のように笑いだした。

どちらからともなく、じゃれあいはキスに変わり、キスは愛撫《あいぶ》に変わっていく。

「ダメ……ちょっと……香司……！」

半分くらいパジャマを脱がされ、忍は真っ赤になって恋人の身体《からだ》を押しやった。

香司はかまわず、のしかかり、小さな胸の突起に吸いついた。

「やっ……あ……っ……」

びくんと忍の背が震える。

香司は忍のなめらかな胸を指先でなぞりながら、ゆっくりと脇腹《わきばら》に唇を這《は》わせていく。

（恥ずかしい……）

忍は真っ赤になって、恋人の頭を押さえこもうとした。

朝の光のなかでは、すべてがはっきりと見えすぎる。

「ダメだって……くすぐったい……やぁ……っ」

無意識に身をくねらせる忍を愛《いと》しげに見下ろし、香司はなおも脇腹へのキスと愛撫をくりかえす。

ゾクゾクするような感覚に、忍は両手で唇を押さえた。

（変な声出そう……。どうしよう。香司、いつもより、えっちだ……。恥ずかしいよ）

パジャマのズボンをおろされると、ひんやりした空気が肌をくすぐる。

それに身をすくめる暇もなく、熱い舌が忍の一番敏感な部分に触れてきた。

「ん……っ……そこ……ダメ……！」

羞恥《しゅうち》のあまり、たまらなくなった忍は勢いよく手をのばした。

その手が偶然、サイドテーブルにあたった。小さな音がして、何か固いものが床に落ちたようだった。

（あ……指輪！）

香司を止めたくても、淫《みだ》らな舌の動きは止まらない。

濡《ぬ》れたような音が立ち上る。

「綺麗《きれい》だ……忍……」

（変なとこに転がってかねえといいけど……。後でちゃんと拾って……あ……ちょっと……ダメだ。そんなとこ……）

香司に舐《な》められている場所がくすぐったくて、熱い。

忍は真っ赤になって、香司の髪をつかんだ。指に力が入らない。

「そこ……恥ずかしい……」

「でも、気持ちいいんだろう？」

からかうように尋ねられ、ふるふると首を横にふる。

（気持ちよくなんかないもん……気持ちよくなんか……っ……）

「そうか？」

クスクス笑いながら、香司は髪をつかむ忍の手に唇をよせ、指先にキスをする。

そのさりげない動作に、愛されているのだという実感が湧《わ》く。

「香司……大好き……」

恥じらいながらささやくと、香司も微笑んで応《こた》える。

「俺《おれ》もだ」

軽く親指の腹を噛まれ、忍は首をすくめた。痛くはなかったが、切ないような、おかしな気分になる。

「齧《かじ》るなよ……」

「ぜんぶ食べてしまいたいな」

妖艶《ようえん》な声でささやくと、香司は忍の手のひらに唇で軽く触れてきた。

忍の背筋に、甘美な戦《おのの》きが走る。

「綺麗だ……」

わざと吐息をかけられ、ひくっと動いたものを強く吸いあげられて、忍は真っ赤になって身をよじった。

懸命に声を噛み殺しているのに、つい声が漏れてしまう。

「ん……ふっ……やぁ……っ……」

(どうしよう……気持ちいい……かも)

立てた両膝《りょうひざ》のあいだで、香司の舌が動いている。

それに煽《あお》りたてられて、高く高く昇りつめるうちに、忍はもう何も考えられなくなっていった。

＊　＊

(香司のバカ……)

忍は、一糸まとわぬ格好で羽毛布団《うもうぶとん》にくるまっていた。

隣のリビングから来た香木猫《こうぼくねこ》が、トンと軽い動作で忍のベッドに跳びあがり、なかに入れろというように羽毛布団を掘りはじめる。

香太郎《こうたろう》は恋人たちが眠っているあいだ、リビングに隔離されてご機嫌斜めだ。

「あっち行け、香太郎」

裸の腕を出して押しやると、子猫は不満げにニャーと鳴いた。

忍の態度には照れ隠しと、不機嫌さが微妙に入り交じっている。

意地の悪い恋人が最後までしてくれなくて、自分だけ二回も達《い》かされてしまったせいだ。

負けたようで、何か面白くない。

（次はオレが勝つ）

バカなことを考えながら、忍はだらんとベッドから腕をたらした。

木の上の豹《ひょう》のような格好だ。

よけいな肉がいっさいついていない綺麗な肩に、花が咲いたように香司のキスの痕《あと》が残っていた。

「こんなところに落ちていたとはな」

ため息をついて、香司が狼《おおかみ》の指輪をつかみ、自分の指にはめた。こちらは入浴もすませ、黒いスーツに着替えている。

（あれ？）

忍は、まじまじと狼の指輪を見た。

どこかで見たことがあるような気がしたが、どういうわけか、それがいつのことだったか思い出せない。

「かっこいい指輪だな、それ」

思ったままの言葉を口に出すと、香司が一瞬、微妙な顔になった。

ペンダントをなくしてしまったことで自己嫌悪《じこけんお》に陥った忍が、おかしなことを言いだしたのだと思ったらしい。

「これか？」

「うん。最近買ったのか？　……まさか、誰かからのクリスマスプレゼントだったりして」

「忍、ペンダントのことはあまり気に病むな。俺も気にしていないから」

ため息のような声で、香司が言う。

「え？　ペンダント？　なんだよ、それ？」

ゴソゴソとベッドから這いだしながら、忍は首をかしげた。

「盗まれたやつだ。おまえの」

少しうんざりしたような口調になって、香司が言う。

「なんの話だ？　オレ、ペンダントなんか持ってねえし。盗まれた覚えもねえけど」

香司が息を呑《の》む、かすかな音がした。

この時、忍のなかから一角獣のペンダントの記憶は綺麗に消え失《き》せ《う》ていた。

＊　＊

忍は、缶ジュース片手にホテルの一階のロビーを歩いていた。

今日は、ターコイズブルーのセーターにジーンズという格好だ。

少し遅れて、横山《よこやま》がついてくるが、忍はそれには気づいていなかった。

（なんか香司、変だったよな。ペンダントなんて、もらった覚えねえし。……まさか、ほかの女にやったやつを勘違いしてるってことはねえだろうし……。ま、いっか。ジュース飲んで気分直そう）

たまたま、ホテルの自動販売機でお気に入りのピーチネクターを発見したので、さっそく確保した忍だった。

ロビーを歩く忍の足取りは、いつもよりも軽かった。

昨日、冷えて風邪《かぜ》をひきそうになったことを考えると、びっくりするくらい体調はいい。

（オレ、今日は絶好調だな。香司ともイチャイチャできたし。いい日になるぞ）

缶ジュースを投げあげ、受け取っていると、ふいに手もとが狂った。

「あ……！」

床に落ちた缶ジュースが転がっていく。

缶ジュースは、誰《だれ》かの足もとで止まった。

よく磨かれたチャコールグレーの革靴が見える。

陽《ひ》に焼けた手がすっとのびて、缶ジュースを拾いあげる。

缶ジュース片手に立っていたのは、長身の美青年だ。

やや長めの茶色の髪と陽に焼けた肌、王子のように端正な顔だち。

歳《とし》は二十一、二に見える。

忍を見下ろす瞳《ひとみ》に、からかうような笑みが浮かんでいる。

身につけているのは、濃いめのグレーに亜麻色《あまいろ》のピンストライプの入った上品なスーツだ。

スーツのなかには亜麻色のシャツをあわせ、落ち着いた蘇芳《すおう》の地にグレーの幾何学模様が入ったネクタイをしている。

スーツは絹が混じっているのか、独特の光沢があって美しい。

スーツの上には靴と同じ色のウールのロングコートを羽織り、同系色の光沢のあるストールを首にかけている。

まるで、雑誌のグラビアからぬけだしてきたような姿だ。

「やあ、姫君」

缶ジュースを差し出され、忍は呆然《ぼうぜん》としたまま受け取った。

「か……鏡野《かがみの》さん……？」

どうして、こんなところに大蛇一族の当主がいるのかわからない。

（なんで、こんなとこに？　まさか、オレのストーカー……なわけねえか）

「新年早々、会えてうれしいよ、忍さん。あけましておめでとうございます」

微笑みながら、綾人《あやと》が一礼してみせる。

忍も、つられてペコリと頭を下げる。

「あけましておめでとうございます……。あちこちで、よくお会いしますね」

「うん。きっと、ぼくたちの小指には赤い糸が巻かれているんだよ」

片目を瞑《つむ》って、綾人が言う。

忍は、ため息をついた。

「鏡野さんは、あちこちに赤い糸の相手がいらっしゃるんでしょう?」

御剣《みつるぎ》家の婚約者として、一年間、厳しい義母や教育係に揉《も》まれて暮らしてきたため、必要ならば、このくらいのセリフは言えるようになった。

それが良いことなのか悪いことなのかは、自分ではわからない。

「おや。そんなことないよ、姫君。君だけが、ぼくの運命の人さ。愛しいラプンツェル。君のためなら、ぼくはどんな高い塔にでも登るよ」

どこまで本気なのか、わからない。

(ホントにもう……)

忍は綾人の悪びれない顔を見上げ、ふと昨夜《ゆうべ》の花束のことを思い出した。

「ああ、そうだ。ええと……昨日はお花、ありがとうございました」

蜘蛛が入っていたのは、綾人とは関《かか》わりのない事故に違いない。

そう思って、忍は笑顔を作った。

　しかし、綾人は怪訝《けげん》そうな顔になった。

「お花？　なんのことだい？」

「え？　昨日の晩、ホテルに届けてくださったんじゃないんですか？　カードもついていましたよ、鏡野さんのお名前で」

　忍の言葉に、綾人は心配そうな目をした。

「ぼくは頼んでいないな。そのカードというのは、まだ忍さんの手もとにあるかい？」

「あ……はい。ありますけど」

「後で見せてもらえるかな。送り主が誰か、つきとめられるかもしれない」

「わかりました」

（じゃあ、やっぱり、あれは鏡野さんじゃないんだ。だとしたら、いったい誰が……？）

　忍は、眉根《まゆね》をよせた。

　不安な気持ちになってくる。

「ホテルに届けたというのも、おかしな話だな。ぼくだったら、直接、忍さんに渡しに行くけれどね。ミュージカルかサーカスのチケットと一緒に。もちろん、豪華ディナーつきでね。……ああ、こんなことを言うと、香司君に怒られてしまうかな」

　冗談めかした口調で、綾人が微笑む。

（あれ？）

一瞬、忍は頭のなかが真っ白になったのに気がついた。

ものがよく考えられない。

「こうじって……誰ですか？」

知っている名前のようでもあり、知らない名前のようでもある。

忍の反応に、綾人は眉根をよせた。

「香司君だよ？」

「知りませんけど。誰ですか？」

「忍さん……香司君と喧嘩《けんか》でもしているのかい？」

相変わらず軽い口調だが、綾人の瞳は笑っていない。

何か異変に気づいたのだろうか。

「え……？　あ、ああ、香司さんですか。喧嘩なんかしてませんよ」

忍は、目を瞬《しばた》いた。

ぼんやりしていた頭が、また普通に働きだす。

（おっかしいなあ。なんで、香司のこと、わからなくなったりしたんだ？）

「そう。それならいいけれど。……あまり心配させないでおくれ、忍さん」

心配そうな瞳になって、綾人が言う。

「大丈夫ですよ。オ……私、ちょっと疲れてるのかもしれません。どうして、香司さんのことを忘れたりしたのかしら」

　自分では体調もよく、元気いっぱいのつもりだったのだが、もしかすると疲れがたまっているのかもしれない。

　そうでなければ、よりによって恋人のことをど忘れすることなどあるはずがなかった。

（おっかしいなあ……。一瞬でも、香司のことを忘れるなんて。オレ、ボケてんのかな。香司に話したら、『俺のことを愛してないのか』って、ふくれそうだな）

「ええと、じゃあ、ここで待っていてください。カードをとってきますから」

　忍は綾人に笑顔をむけ、軽い足どりでエレベーターにむかった。

　離れて様子を見ていた横山が音もなく、つき従う。

　ロビーの真ん中で、綾人と横山がすれ違う。

「聞いていましたね。どうも、忍さんの様子がおかしい。気をつけてあげてください」

　小声で、綾人が言った。

　横山は無言で綾人に目礼し、そのまま歩き去った。付き人は無表情だったが、どことなく気づかわしげな気配を漂わせている。

　それを見送って、綾人はふっと真顔になった。

「これは、香司君に遠慮している場合ではなさそうだな」

カードを見せると、綾人は自分が贈ったものではないと言った。

どうやら、やはり何者かが綾人の名を騙《かた》ったらしい。

(なんか、やな感じだな。気をつけねえと)

＊　　＊

忍は、ぼんやりと車の窓の外をながめた。

隣に香司が座っている。運転しているのは、横山だ。

三人は、狩屋賢三に会いに行こうとしていた。

人間のふりをしている賢三は、諏訪市内の製薬会社で働いているという。

「研究者なのか、賢三って?」

「そのようだな」

「すごいよな。そういう場所で働けるってことは、ちゃんと理数系の勉強してるんだよな。妖《あやかし》のくせに頭いいって、ずるくねえ? 元素記号とか、なんとかの定理とか覚えてるってことだろ?」

いちおう受験生の忍としては、愚痴の一つも言いたくなる。

なにしろ、今月下旬にはセンター試験がある。

仲良しの桜田門春彦《さくらだもんはるひこ》、片倉優樹《かたくらゆうき》も今頃は最後の追いこみの最中だろう。

中学校以来の親友の五十嵐浩平《いがらしこうへい》だけは、去年のうちにサッカー特待生として推薦入学が内定している。

「勉強をして入ったのか、妖の力で誤魔化して入ったのかは知らんが、研究者のふりをつづけられるのならば、それなりに優秀なんだろう」

「いいなー」

心の底から、うらやましそうに忍は言った。

香司が「やれやれ」と言いたげな顔になる。

やがて、車は「諏訪薬品工業株式会社」と書かれた大きな会社の前で停《と》まった。

忍が予想していた以上に、立派な建物だ。

綺麗な女性社員のいる受付で来意を告げると、あっさりと応接室に案内された。

（ええっ？　マジでいるのか、この会社に？）

香司も微妙な顔をしている。

会いにきたのはいいが、本当にここで会えるとは思っていなかったのだろう。

ほどなく、ドアが開き、灰色のスーツに白衣姿の青年が入ってきた。

「狩屋です。お待たせしまして、どうも」

（来たし）

応接テーブルの前に座っていた忍はまじまじと相手を見、立ちあがってペコリと頭を下げた。

香司と横山も軽く頭を下げている。

「わざわざ御剣家の方と玉川《たまがわ》家の方においでいただくとは、恐縮です。それで、ご用件は？」

ニコニコしながら、賢三が言う。余裕たっぷりの態度だ。

（ホントにこいつ、カマイタチなのか？）

目で尋ねると、香司が小さくうなずく。

「そこまでわかっているなら、話は早い。太一《たいち》さんに会ってきた。鏡野継彦と手を切り、戻ってきてほしいということだ」

香司の言葉に、賢三は白衣の肩をすくめた。

「兄弟の揉め事に首をつっこむのは、感心しませんね。これはカマイタチの問題です。人間には関わりのないことではありませんか」

「でも、お兄さん、心配してましたよ……」

忍は、賢三をじっと見つめた。

賢三が忍の視線を受け、ふっと笑う。

「思っていた以上に、綺麗な方ですね。なるほど。鏡野家のご当主も心を迷わせるわけです。私にはそういう趣味はありませんが……」

　香司が、警戒するような目になった。

　忍は戸惑い、少し香司に身をよせた。

（なんだよ、こいつ）

「忍のことはどうでもいいだろう。それより、裕二《ゆうじ》さんの行方はわかったのか？」

「次兄ですか。とある旅館の裏の古井戸に封印されていますよ。私の任務が完了すれば、解放してもらう手はずになっていますがね」

「任務だと？」

「ええ。こんな任務です」

　賢三がどこからともなく、手のひらにのるほどの透明な丸い玉をすっととりだしてみせた。玉は、占い用の水晶球に似ている。

　玉のなかには、何か銀色のものが入っていた。

（なんだ、あれ……？）

　忍は、まじまじと玉を見つめた。

「わかりますか。ここに、あなたの大切なものがあります」

　賢三が角度を変えると、銀色のものがよく見えるようになった。

　一角獣のペンダントだ。

しかし、忍にはそれがなんなのか、まったくわからなかった。

(大切なもの？　あれが？)

ほぼ同時に、香司もそれが何か気づいたようだった。

「おまえ、それは……！」

「こんなに想《おも》いのこもったものを、無防備に置いておくのは不用心ですね。だから、私のような妖に狙《ねら》われるんです」

勝ち誇ったような声が、応接室のなかに響きわたる。

香司が、思わず賢三にむかって手をのばした。

「返せ！」

「返しません」

賢三が白衣の腕を一閃《いっせん》させる。

次の瞬間、小さな竜巻のようなものが巻き起こった。

ゴウッ！

(うわっ！)

とっさに忍は顔をかばった。

風が強すぎて、息が苦しい。

応接テーブルの上にあったガラスの灰皿の砕ける音がした。

「忍！」

すぐ側《そば》で、香司の声がしたようだった。

＊　　　＊

小さな竜巻は、すぐにおさまった。

しかし、そこにはもう賢三の姿はない。

「大丈夫か、忍！」

誰かが忍の肩をつかみ、揺さぶっている。

忍は目を瞬き、あたりを見まわした。

応接室のなかは、ひどいありさまだ。カーテンは外れ、スチール製の本棚から本が落ち、床にガラスの破片が飛び散っている。

すぐ側に、横山と見知らぬ黒髪の美しい少年が膝をついていた。

少年は心配そうな目で、じっと忍を見つめている。

「大丈夫です……たぶん」

どこも痛くない。だから、そう言うと、少年——香司はギョッとしたような顔になった。

「どうしたんだ、忍？」

「どうって……？　あの……どうして、オレの名前を知っているんですか？」

（初対面のはずなのに）

香司と横山が、顔を見合わせた。

「忍さま、私のことはおわかりですか？」

横山が静かな声で尋ねてくる。

「え？　横山さんだろ？　オレの付き人の。……えーと、でも、オレ、なんでこんなところにいるんだろう」

思い出そうとすると、頭の芯《しん》がもやもやと白く霞《かす》みはじめる。

忍は眉をひそめ、こめかみのあたりを軽く揉んだ。

「えーと……たしか、呪《のろ》いを解くために諏訪に来て……。そうだ。カマイタチに会いにきたんだ。たぶん……」

「そうです。カマイタチに会いにきて、橋占《はしうら》の後、諏訪明神《みょうじん》に連れられて剣《つるぎ》神社に行ったのは覚えていらっしゃいますか？」

「そういえば、なんとなく、そんな気もするかも……」

（でも、なんか変な気がする。横山さんと二人で来たんだっけ？）

忍は、ギュッと目を瞑《つむ》った。

「気分が悪いのか、忍？　頭が痛いとか……」

いっそう心配そうな声になって、香司が尋ねてくる。

忍は目を開き、すぐ側にいる美貌《びぼう》の少年をじっと見た。

（すげえ美形だな……。ムカつくくらい、かっこいいし。でも……オレのこと知ってて、心配してくれてるっぽい。なんで、そんな目するんだろう。……緊張する）

わけもわからず照れて、忍は目をそらした。

「大丈夫です。心配かけて、すみません」

香司の表情が、あきらかに暗くなった。

よりによって、忍の口からこんな他人行儀な言葉が出るとは思っていなかったのだろう。

気づまりな沈黙がつづく。

「さっきの攻撃のショックでしょうか」

ポツリと横山が言った。

香司は、小さく首を横にふる。

「いや、ペンダントを持っていた。あれで、こいつの記憶に細工した可能性がある」

深刻な表情になる二人の横で、忍は状況が呑みこめず、不安な気持ちになっていた。

香司と横山は賢三の捜索をあきらめ、まだ混乱している忍を連れてホテルに戻った。

いろいろ質問してみた結果、忍の記憶には部分的に欠落があることがわかった。

「呪いがかかっていることは覚えているぞ。呪いを解くために、うちで暮らしていること
も知っている。もちろん、カマイタチに会うために会社に行ったこともな」

布張りの肘掛《ひじか》け椅子《いす》に座った香司が、無表情に横山にむかって言う。

横山は、香司の言う言葉をノートにメモしている。

忍は二人のむかいのソファーに座り、落ち着かない思いで横山のいれた紅茶を飲んでい
た。

＊　＊

スイートルームのリビングである。

香木猫は、陽のあたる窓際《まどぎわ》で長くのびている。

(オレ……なんか忘れちまったのかな、大事なこと)

横山と黒髪の少年は、ひどく深刻そうな様子をしている。

「忍さま、御剣家で暮らしはじめた時期を覚えていらっしゃいますか？」

横山が忍のほうを見て、尋ねる。

「一年前ですよね。オレ、婚約したんですよね……たしか。偽装だっけ？」

忍の言葉に、香司が驚いたように目を見開く。

「覚えているのか？」

声には、何かを期待するような響きがあった。

忍は香司を見、小さくうなずいた。

「覚えてます。……あの……オレ、御剣さんのお嬢さんと表むきだけ、婚約したんです」

香司が「お嬢さん？」と言いたげに、眉根をよせる。

忍は、慌てて横山のほうを見た。

「あ、すみません。こういう話しても大丈夫なんですか？」

横山は落ち着いた顔で、うなずいた。

「この方には、何も隠さなくてけっこうです」

（そっか……。じゃあ、大丈夫な人なんだ。でも、なんだろう。すごく、がっかりしたみたいな顔してる……）

忍は自分の記憶が途中ですり替わり、ねじ曲げられていることに気づかなかった。

都合よく、女と婚約していると思いこんでいることも。

「つまり、俺のことだけ忘れているわけだな、こいつは」

ふいにテーブルをバンと叩《たた》き、香司が立ちあがった。

忍は、びくっとなって身をすくめた。

黒髪の少年は綺麗だけれど、なんだか怖い。その漆黒の目を見ていると、なぜか胸が騒いで、おかしな気分になってくる。

「香司さま」

なだめるように、横山がそっと若い主の名を呼んだ。

香司は「すまん」と呟き、隣のベッドルームに入っていった。後ろ姿が、ひどく寂しそうだ。

（どうしたんだろう……。やっぱり、オレのせいなのかな。オレが何か大事なことを忘れちまったから……）

気になって香司の後ろ姿を見ていると、横山が静かに尋ねてきた。

「忍さまは、婚約者がいるということは覚えていらっしゃるのですね？」

「覚えてますけど……」

「どんな方か、思い出せますか？　年齢や外見は……」

その問いに、忍は眉根をよせた。考えようとすると、頭のなかが白い靄《もや》でいっぱいになっていく。

婚約していたはずなのに、どうして何一つ婚約者のお嬢さんの映像が浮かばないのだろう。

「すみません……。思い出せなくて」

「無理をなさらないでください。大丈夫ですから」

穏やかな声で言って、横山はノートにまた何か書きこんだ。

「どなたか、好きな方がいらしたことは覚えていませんか？」

「好きな人……いたんですか？」

そう言ってから、忍はふいに理由のわからない喪失感と寂しさを覚えた。

胸の奥にぽっかりと穴があいているようだ。

いるべきはずの人が側にいない。

それなのに、その人の顔も声も胸のなかから完全に消え去っている。

いや、それもただの錯覚だろうか。

「さあ、それは私の口からは申し上げられません」

無表情に、横山が答える。

忍は、まじまじと横山の顔を見た。

「まさか、オレの好きだった人って……横山さんじゃないですよね？」

横山は一瞬、絶句したようだった。

ベッドルームのほうから、激しく咳《せ》き込《こ》む声が聞こえてくる。

「光栄な勘違いですが、残念ながら違います」

苦笑して、横山が答える。

「そうですか……。すみません」

(そうだよなあ。横山さん、男じゃん。なんで、そんなこと思ったんだろう。オレ、ちょっと変だな)

忍は腕組みして、紅茶のティーカップをじっと睨《にら》んだ。

「もし、よろしければ、忍さまの婚約者をあらためてご紹介いたしますが」

遠慮がちに、横山が申し出る。

忍は、目を見開いた。

「え？　婚約者、このホテルにいるんですか？　でも、オレ、忘れちまってるんですけど、そんな状態で会ったら悪くないでしょうか？」

「大丈夫です。婚約者の方も、忍さまの今の状態はご存じです」

「そうですか……。じゃあ、お願いします」

(なんか、ドキドキする……。オレの婚約者って、どんな女の子なんだろう)

期待と不安で、胸の鼓動が速くなる。

「少々お待ちください。お連れしてまいります」

すっと横山が立ちあがり、寝室のほうに入っていった。

(あれ？　あそこにいたのか)

忍は手櫛《てぐし》で髪を撫《な》でつけ、立ちあがってピンと背をのばした。
第一印象が大事だから……などと考え、自分のバカさ加減に少し凹《へこ》む。
先方は、とっくに忍のことなど知っているはずだ。
(オレは忘れてるけど、一年のつきあいなんだよな)
寝室から、横山が出てくる。
その後ろから、黒いスーツを身にまとった人影が音もなく出てきた。
(うわ……おっきい女……。あれ?)
忍は、目を瞬《しばたた》いた。
婚約者が出てくると思っていたのに、出てきたのは香司ではないか。
香司は、どことなく緊張したような顔をしている。
「忍さま、この方があなたの婚約者です」
静かに、横山が言うのが聞こえた。
「え……?　ずいぶん……男らしいお嬢さんですね」
黒髪の少年の姿を上から下までながめながら、忍は精一杯の笑顔を作った。
何か、からかわれているに違いない。
(いや、もしかしたら、本当に男らしい女の人なのかも。やべえ……)
「あ、あの……すみません。女の人に失礼なこと言っちゃって……」

香司は、呆然としたように忍を見つめた。

「俺が……女に見えるのか？」

この時、香司はようやく「女に見える呪い」をかけられた忍の気持ちを理解したようだった。

「いえ……男に見えますけど。あ、えーと……本当は男の人なんですか？　あれ？　でも、婚約者って……あれえ？」

忍は、首をかしげた。

どこかで、何かがよじれているような気がしてならない。

横山が、そっと言う。

「御剣香司さまです。あなたの婚約者です」

「はあ？　男ですよね？」

(絶対、なんかの間違いだ)

信じられない思いで、忍は横山と香司を交互に見た。

香司がきつく唇を噛みしめ、視線をそらす。

ひどく、つらそうな表情だった。

どうして、こんな顔をするのかわからない。

なぜだか、忍の胸がズキリと痛んだ。

（なんでだろう。オレ、変だ……）

香司の顔を見ていると、わけもなく胸が締めつけられるような気持ちになる。

「どうして、婚約なんてことになったんですか？　普通、そういうのって無理ですよね……？」

忍は、ふいに目を見開いた。

「まさか……御剣さんは実はわけあって女として育てられて……！」

香司が、がくーっと肩を落とす。

横山は、顔色一つ変えなかった。さすがに有能な付き人である。

「わけがあったのは事実ですが、香司さまが女性として育てられたわけではありません。忍さま、落ち着いて聞いてくださいね。女性として婚約することになったのは、忍さまのほうなのです」

忍はまじまじと横山を見、恐る恐る自分の顔を指差した。

「オレ？」

「はい。忍さまです」

横山は、真面目《まじめ》な顔をしている。

とても嘘《うそ》や冗談を言っているようには見えない。

「オレっ!?」

それでも信じられなくて、同じことをもう一度訊《き》いてしまう。

「はい。忍さまには、女に見える呪いがかかっているのです。ですから、香司さまと婚約されても世間から怪しまれることはなかったのです」

「嘘だ……」

（オレが男と婚約だなんて……！）

忍は、頭を抱えた。

重苦しい沈黙が下りる。

＊　　＊

陽に焼けた手が、ボストンバッグのファスナーを開いた。

なかをかきまわすと、女物の化粧ポーチやレースのハンカチが出てきた。

（やっぱり……オレ、女のふりしてたんだ……）

半泣きになって、忍は化粧ポーチをボストンバッグに戻し、ベッドに座りこんだ。

横山から事情を聞かされた後である。

少し離れた窓際に、香司が無表情に立っていた。

混乱している忍を見ても、とくに何も言わない。

いのに）

（なんだよ、あいつ……。婚約者だっていうんなら、もうちょっと親切にしてくれてもいいのに）

そんなことを思ってしまった自分が嫌で、忍はため息をついた。

あれだけ派手に「男と婚約してたなんて嘘だ」と騒いだのだから、香司が気を悪くしても当然だ。

（なんで、あいつのことだけ完璧《かんぺき》に忘れちまったんだろう。すごく気まずいんだけど。やっぱ、オレのこと怒ってるのかな。わざと忘れたわけじゃないんだけど。たぶん……）

この時、忍にはわからなかったが、香司は激しいショックを受けていたのだ。

二人で積み上げてきた時間が一瞬にしてゼロになり、愛しあってきた恋人たちのあいだには同性という高い壁が再び出現している。

数々の奇跡のような時間がなければ、忍は香司のことを好きにならなかったかもしれない。

それがわかっているからこそ、香司は不安で、忍とのあいだに距離を置いていたのだ。

忍の口から拒絶の言葉を聞くのが怖くて、臆病《おくびょう》になっていたのである。

しかし、そんなことが忍にわかろうはずがなかった。

忍は居心地の悪い思いで、自分の携帯電話をとりだした。

待ち受け画面は、赤い南天の目をつけた雪兎《ゆきうさぎ》だった。いつ、どこで作ったのか覚えていない。

（なんか……自分が自分じゃないみたいな感じだ。オレ、大丈夫なのかな）

五十嵐たちの顔と名前ははっきり思い出せるのに、黒髪の少年のことだけはどうやっても思い出せない。

それが、申し訳ないような気がした。

「すみません、御剣さん……」

他人行儀な口調で言うと、香司がこちらを見、低く答えた。

「香司でいい」

「はい……すみません、香司さん」

忍の言葉に、香司は一瞬、ひどくつらそうな目をした。

それを見て、忍はわけもなく胸が疼《うず》くのを感じた。

「あ、ごめんなさい。つい……」

「謝るな。それから、俺にむかって敬語は使うな。いいな？」

「はい……」

「だから、その『はい』もいらん」

香司は苛立《いらだ》ったように言葉を切り、忍に背をむけて部屋を出ていった。

忍はしょんぼりして、香司の後ろ姿を見送った。

＊　　＊

同じ頃《ころ》、諏訪神社の下社《しもしや》の裏山に二つの人影が立っていた。

一人は賢三、もう一人は鏡野継彦である。

妖たちの視線の先には、学校のグラウンドほどの広さの池があった。

鏡池《かがみいけ》と呼ばれる池である。

冷たそうな緑の水面から、枯れた葦《あし》や蓮《はす》の花托《かたく》が突き出している。

賢三は手に忍の記憶を封じた水晶球を持ち、暗い水を見下ろしていた。

「これを池の水蛇に呑ませれば、封印の術は完成いたします」

「ほう……。水蛇がいたか」

「はい。ご存じのように水蛇は臆病で、人間には近づきませぬ。危険を感じると石になり、千年でも二千年でもそのままになっております。ましてや、水蛇が沈んでいるのは妖気の漂う深い水の底でございます。人間には、決して見つけられますまい」

「よかろう。やれ」

「は……」

賢三は水晶球を水面に近づけ、口のなかで呪文《じゆもん》のような言葉を唱え、そっと手を離した。

忍の記憶を封じた水晶球は、ゆっくりと水底《みなそこ》に沈んでいく。

ふいに、水面が大きくうねり、池のなかから青黒い蛇が現れた。これが水蛇である。

水蛇はぬらぬらとした背をくねらせ、水晶球を追いかけ、一気に呑みこんだ。

冷たい風が水の上を吹きぬけていった。

賢三は水蛇が見えなくなるまで、緑の水のなかをのぞきこんでいた。

「終わったか?」

酷薄な声で、継彦が尋ねる。

「はい。封じた記憶は、二度と取り戻すことはできませぬ」

賢三は継彦を見、無表情に答えた。

＊　　＊

記憶の一部をなくした日の夜、忍はぼんやりとスイートルームでテレビをながめていた。

香司は出ていったきり、戻ってこない。

さっきまで一緒にいた横山も、席を外している。

テレビから流れてくる賑《にぎ》やかな正月番組を一人で見ていると、むしょうに寂しい気持ちになってくる。

（オレ、なんでこんなところにいるんだろう）

部屋は暖かいのに、なんだか寒いような気がして、忍は自分で自分の身体《からだ》を抱きしめた。

どうして、こんなに心細いのだろう。

もともと広いスイートルームは、香司がいないせいか、さらに広く感じられる。

（どこまで行っちまったんだよ……。早く帰ってくればいいのに。婚約者だっていうんなら、放《ほう》りっぱなしにするなよ。バカ野郎……）

そこまで考えて、忍は眉根をよせた。

どうして、自分が香司のことばかり考えてしまうのかわからない。

そんなに気になる相手だろうか。

何一つ覚えていないというのに。

（男の婚約者か……。オレも『うひゃあ』って思ったけど、むこうもそう思ったかもなあ。人前では仲良くしてても、普段はこんな感じだったのかもしれないな）

香司と過ごしたはずの日々について考えようとすると、頭の芯が白っぽく霞みはじめる。

「ダメだ……。思い出せねえ」

忍は左手で顔を覆い、うつむいた。

涙がこみあげてくる。

その時だった。

ニャーという鳴き声がして、足もとに香木猫が身をすりよせてきた。

「香太郎……」

暖かな子猫の身体を抱きあげ、忍はしばらく、そのやわらかな毛皮に頰《ほお》を押しあてていた。

切なくてたまらない。

やがて、忍は香木猫を床に下ろし、テレビの電源を切って立ちあがった。

頭を整理するために、外を歩いてこようと思った。

*　　　*

毛足の長い絨毯《じゅうたん》を敷きつめた廊下を歩きながら、忍は少し後悔していた。

思いつきで部屋を出てきたが、ホテルの外に行くなら上着が必要だった。

この冬の寒さのなか、上着なしではすぐに風邪をひいてしまう。

（まあ、いいか。ロビーとか階段のところに行くだけでも）

やがて、行く手に薄明るいエレベーターホールが見えてくる。

エレベーターの前に、先客の姿があった。チャコールグレーのロングコートを着た長身の青年だ。

（あれ？）

青年が忍のほうを振り返り、やわらかに微笑む。

茶色の髪の先がライトに透けて、金茶色に見えている。

まるで、後光のようだ。

「やあ、忍さん。夜の散歩かい？」

「鏡野さん……」

覚えていたことになんとなく安堵《あんど》して、忍は大蛇一族の当主に近よった。

綾人は、気づかうような瞳で忍を見下ろした。

「香司君はいないのかな？　君をこんなふうに一人で出歩かせるなんて、困った婚約者だね」

穏やかな声で言われて、忍はため息をついた。

「オレと一緒にいたくないんだと思いますよ」

忍が「オレ」と言ったのを聞いて、綾人は小首をかしげた。

「そう？　喧嘩でもしたのかな？」

「喧嘩っていうか……オレが悪いと思うんですけど、御剣さん……香司さんのことをすっかり忘れたみたいで」

綾人は彼らしくもなく、一瞬、息を呑んだようだった。

端正な顔に、驚きの色が浮かびあがる。

「忘れた？　香司君のことを？」

「はい。香司さんのことだけなんですけど……初めて会った人みたいな気がするんです。本当はそうじゃないんですけど。なんだか、申し訳なくて」

答えているうちに切なくなって、忍は何度も目を瞬いた。

このまま、香司のことだけではなく、自分自身が誰かということも忘れてしまったらどうしよう。

綾人はそんな忍を見下ろし、ひどく切なげな目になった。

「かわいそうに」

「かわいそう……？　オレがですか？」

綾人は、それに対して答えなかった。

ただ、忍を見下ろして、「寒くないかい？」と尋ねる。

「え……あ……はい。少し……」

「そうだね。上着をとってきたほうがいい」

それは、いつもの綾人らしくない言葉だった。

上着をとってくるように言うより先に、自分のコートを脱いで着せかけるのが鏡野綾人という男のはずだ。

だが、今夜の綾人は忍を姫君あつかいしようとはしなかった。

妖としての本能でか、恋するものの直感でか、そんなことをしてはいけないとわかっていたのだ。

記憶の一部をなくした忍には、御剣家の婚約者としての自覚はない。

そんな忍に今までどおりの態度をとれば、強く反発されるのは目に見えていた。

だからこそ、綾人はあえて忍とのあいだに距離をとったのだ。

しかし、今の忍にそんなことがわかろうはずがない。

（なんだろう……。鏡野さん、こんな人だったろうか。すごく寂しそうだ）

忍は綾人の端正な顔を見上げ、無意識に自分の身体を抱きしめた。

綾人はそれを見たが、やはり上着を着せかけようとはしなかった。

「忘れてしまったのは、香司君のことだけかい？」

忍を促《うなが》して、スイートルームのほうに歩きだしながら、綾人がそっと尋ねる。

「はい。たぶん……」

「御剣家のことや、君がここにいる理由は覚えている？」

「はい。もしかすると、少し思い違いしているかもしれませんけど……」

「そう」

呟く綾人の声は、優しい。

また涙がこみあげてきて、忍は目をこすった。

「このままだったらどうしようって思うと……ちょっと心配で」

綾人が足を止めた。

「忍さん、かならず記憶を取り戻してあげると約束はできないけれど、ぼくにできるかぎりのことはするよ」

「ありがとうございます」

忍は、潤《うる》んだ目で綾人をじっと見上げた。当人は、自分がどんな表情をしているかという自覚はない。

綾人は、かすかに笑った。

「香司君も、つらいところだね」

「香司さんが……ですか？　そうなんでしょうか。オレ、考えすぎかもしれませんけど、嫌われてるみたいな気もして……」

「どうして、そう思うんだい？」

忍を見下ろす瞳は、とても優しい。

「だって、オレと話しているとすごくイライラしてるみたいだし、部屋から出ていっちゃうし……。オレが悪いんだと思うんですけど」

「忍さんは、悪くないよ。記憶をなくしている人を責めるほうがおかしい。君のほうが、よっぽど心細いはずなのに」

「ありがとうございます。鏡野さんって、優しいんですね」

忍は、健気《けなげ》に微笑んだ。

香司の冷たさに引きかえ、この大蛇一族の当主はなんと大人で、温かな瞳の色をしているのだろう。

「優しいかどうかはわからないよ。ぼくは、大蛇だからね。甘い言葉で君をたぶらかして、ひどい目にあわせようとしているのかもしれない」

綾人の言葉に、忍は首を横にふった。

「鏡野さんは、そんなことしません」

綾人はまじまじと忍を見、小さなため息をついた。

陰謀と流血を愛する邪悪な一族、大蛇一族が信頼という宝物を差し出されることは希《まれ》だ。

滅多にないことだからこそ、その価値を知っているとも言える。

「では、ぼくは君のその信頼に応えなければならないね」

キラリと瞳を光らせて、綾人はささやいた。

忍を見下ろす顔には、今までになかった怖いほど真剣な表情が浮かんでいる。

この時、綾人は相手が御剣家の婚約者だということを忘れていようがいまいが、そんなことは関係がないと思ったようだった。

「忍さん、ぼくは君のためなら命を懸《か》ける」

「鏡野さん……」

思わぬ言葉に、忍は目をみはった。

まるで、男が最愛の女に言うようなセリフではないか。

「どうして……そこまで？」

「理由がわからない？」

「はい……」

「君にわからないとは、信じられないね」

形のよい唇に、皮肉めいた笑みがかすめる。

(わかんねぇよ……。なんなんだ？)

しかし、目の前の青年は自分のために命を懸けると言ってくれたばかりだ。

その気持ちを粗末にあつかってはいけない。

たぶん、綾人は綾人なりに精一杯の気持ちで言ってくれたのだろう。

「オレのために命なんか懸けないでほしいんですけど……。どうか、元気で生きていてください。笑っていてください。そうすれば、オレもきっと『ああ、鏡野さんも元気でいてくれるんだ』って、ホッとできると思うんです」

「つまり、君のまわりに空気のように存在するものになれと？」

穏やかな声で、綾人が言う。

（怒らせた……？）

ドキリとして、忍は綾人の顔を見上げた。

だが、そこに浮かぶ感情は読みとれなかった。

「ごめんなさい……。あの……そういう失礼なことを言うつもりはなかったんです。ただ、オレのために死んだりしてほしくなくて……」

綾人はじっと忍の顔を見下ろし、かすかに笑った。

どことなく、距離を感じさせる眼差《まなざ》しだった。

「言いたいことはわかるよ、忍さん。……さあ、風邪をひく前に部屋にお帰り」

「はい……」

（今は一人になりたくないんだけど……そう言ったら、鏡野さん、困るだろうな）

心のなかでため息をついて、忍は小さくうなずいた。

こんなことになってしまって、香司には大変な迷惑をかけた。そのうえ、綾人にまで迷惑をかけるわけにはいかない。

「戻ります。すみませんでした」

忍はペコリと頭を下げた。

そんな忍の姿を見、綾人は気づかわしげな目をした。

だが、それも一瞬。

大蛇一族の当主は再び、感情を読みとらせない静かな表情に戻り、「おやすみ」と言って踵《きびす》をかえした。

＊　　　＊

忍は、夢を見ていた。

綾人と別れて部屋に戻った後――記憶をなくした最初の夜だ。

夢のなかで、忍は誰かとキスを交わしていた。

――だい……好き……。

ゾクゾクするほど淫らで甘い口づけ。

忍の髪を撫で、首筋から背中にかけて愛撫していく指。

――抱きたい。

顔のはっきりわからない誰かが、ねだるようにささやきかけてくる。

忍は恥じらいながら、うなずいた。

ベルベットのような舌が肌を舐めあげ、快楽の炎を点《とも》していく。

誰かに軽く親指の腹を嚙まれ、忍は首をすくめた。痛くはなかったが、切ないような気持ちがいいような、おかしな気分になる。

――齧るなよ……。

――ぜんぶ食べてしまいたいな。

両足のあいだに触れてくる熱い舌。忍の気持ちのいい場所を知りつくした愛撫。

「や……っ……ああっ……！」

忍は身をよじり、声をあげて愛しい人の名を呼ぼうとした。

しかし、どうしてなのか、その名前が思い出せない。


びくっとなって、忍は目を覚ました。

豪華な寝室はスタンドの豆電球が点っている以外、灯《あか》りらしいものはない。

ツインベッドのもう一方に、香司が眠っている。

豆電球のオレンジ色の灯りに照らされた寝顔があまりにも綺麗で、忍は思わず息を呑んでいた。

なぜだかわからないのに、胸の鼓動が速くなる。

忍はそろそろとベッドからぬけだし、香司の枕《まくら》もとに立った。

恥ずかしい夢の余韻を振り払うようにして、忍は軽く頭を横にふった。

香司が眠っていてくれてよかった。

まだ唇が震えている。

夢のなかで愛を交わしていた相手は、女性ではなかった。

間違いなく、同性だ。

どうして、あんな夢を見てしまったのだろう。

信じられないことだが、心のなかにそんな願望が隠れていたのだろうか。

忍は自分で自分の身体を抱きしめ、香司の寝顔をじっと見た。

なんの脈絡もなく、夢のなかで口づけた相手はもしかしたらこの人かもしれないと思った。

（オレ……もしかして、こいつのこと、好きだったんだろうか。あんな夢見るほど……）

そう思って、忍は激しく首を横にふった。

（何考えてんだよ、オレ⁉　ありえねえ……！）

たとえ一瞬でもそんな気持ちになった自分が信じられなくて、忍は左手で自分の唇を押さえた。

このことは、決して香司に気づかれてはいけないと思った。

香司は記憶をなくしてしまった自分に苛立ち、冷たい態度をとっている。

そのうえ、おかしな夢を見たことがバレたら、香司は本当に自分のことを嫌いになってしまうかもしれない。

それだけは、耐えられなかった。

(オレ、変だ……。なんでこんなに胸が痛いんだろう)

忍は、目を瞬いた。

ひどく混乱していて、寂しくてたまらない。

胸のなかにぽっかりとあいた暗い穴を、どうやって埋めていいのかわからなかった。

誰かのベッドに潜りこんで、暖かな肌に頰をすりよせて眠れば、もしかしたら少しは楽になるのだろうか。

切ないため息を漏らして、忍は眠る香司に背をむけ、自分のベッドに戻った。

ギュッと目を閉じて、何も考えるまいとする。

このままでは一睡もできないだろうと思ったが、やがて浅い眠りが訪れた。

忍の寝息が聞こえはじめてから、ほどなく、隣のベッドで香司がそっと目を開いた。

記憶をなくした恋人が側に来ていることは知っていたが、どうしてやることもできなかった。

もし、いつもの忍が相手ならば、「悪い夢でも見たか」と抱きよせ、腕のなかで眠らせてやれたろうに。

香司は自分の指にはめたままの狼の指輪を唇に押しあて、祈るように目を閉じた。

「忍……」

ささやく声はかすかで、眠る恋人の耳には届かない。

＊　　　＊

翌朝、寝不足気味の忍と香司は横山の運転するレンタカーで剣神社にむかった。

狩屋太一に会うためである。

少年たちは、必要なこと以外はほとんど口をきかない。

「弟さんに会ってきた」

閑散とした境内《けいだい》に入るなり、香司は太一にむかって低く言った。

太一の表情が、すっと引き締まる。

「弟は、無事でしたか」

「元気そうに見えた。すっかり、鏡野継彦の部下になっていたが」

「そうですか……。やはり」

太一は、深いため息を漏らした。

「それで一つ訊きたいことがあるのだが」

「はい……。なんでしょうか」

少し心配そうな表情になって、太一が尋ねてくる。

香司は、チラと忍のほうを見た。

「こいつの記憶の一部が、弟さんの術で消えてしまったようだ。術を解く方法を知らないだろうか？」

太一は、香司の言葉に少し驚いたような目をした。

「弟が封印の術を使いましたか……。ご迷惑をおかけして、申し訳ありません。たしかに、賢三にはその力があります。記憶は水晶の珠《たま》に封じ、鏡池に沈めたのではないかと思います。以前もそうしておりましたから」

「鏡池だと？」

香司は、眉根をよせた。

「はい。諏訪神社の下社の裏山にある池です。水底が富士山までつながっている場所があり、そこに沈めると永遠に取り戻すことはできないそうです」

「取り戻すことができない……？」

香司の表情が強《こわ》ばったようだった。

だが、自制して、落ち着いた声を出す。

「弟さんは、忍の記憶の一部を封じた後、姿を消した。もう会社にもいない。行き先に心あたりはないか？」

「弟は、もう御剣さまに見つけられるような場所にはおりますまい」

きっぱりした口調で、太一が言う。

香司は、わずかに目を細めた。

「それは、どういうことだ？　逃げたのか？」

「申し上げるわけにはまいりません」

太一は、静かに言った。

なんとなく、忍の背筋がざわざわしはじめる。

「妖気が強くなってきましたね。忍さま、どうか私の側から離れないでください」

小さな声で、横山が呟いた。

「わかった。……敵がいるのか、この近くに？」

忍も小声で尋ねる。

「います」

横山がはっきり言った瞬間だった。

太一の右手が白く光った。

強い妖気とともに、その手が鎌《かま》の刃に変わる。

(なんで……!?)

呆然とする忍の前で、太一が鎌に変じた腕をふりあげ、香司にむかって襲いかかっていく。

「まいります!」

「なんの冗談だ?」

すっとかわしながら、香司が冷ややかに尋ねる。

「冗談ではありません。あなたに恨みはありませんが、死んでいただきます」

「狙いはなんだ? 忍の記憶の次は、俺の命か?」

「八握　剣《やつかのつるぎ》です」

「なるほど。……すでに鏡野継彦の手に落ちていたか」

鋭く宙を切り裂く鎌を紙一重のところでかわしながら、香司は落ち着いた表情で右手を一閃させた。

バシュッ!

放たれた黒い呪符が、太一の顔面に貼《は》りつく。

「うわあああああああーっ！」

呪符は、ぼっと燃えあがった。

生臭い臭《にお》いが立ち上り、太一が悲鳴をあげて地面に転がる。

その時、忍は左手のほうからチッと舌打ちするような音を聞いた。

（え……!?）

素早く見ると、葉を落とした太い木の陰に黒ずくめの妖——戸隠《とがくし》の姿があった。

忍と戸隠の視線があう。

「あ……！　あいつ！」

横山と香司も、同時に戸隠の存在に気づいたようだった。

戸隠は、ふっと笑って姿を消す。

「どうやら、先まわりされていたようですね」

横山が、低く呟いた。

「どうしよう……。香司さんが……」

「ご安心ください、忍さま。あの方は、カマイタチごときにやられるような方ではありません」

横山の言葉が終わるか終わらないかのうちに、香司が太一を地面に押さえつけ、左手で印《いん》を結び、右腕に呪符を押しつけた。

「急々如律令《きゅうきゅうにょりつりょう》！」

「ぎゃあああああーっ！」

次の瞬間、鎌の形になっていた右腕がもとに戻る。

太一は気絶して、ぐったりしている。

香司が、冷ややかな目でカマイタチを見下ろした。

「弟たちの命を盾にとられて、八握剣を狙ったか。……まあ、そんなところだろうな」

「どう……するんですか、香司さん？」

言いかけた忍はギロリと睨まれ、慌ててつけ加えた。

「ごめんなさい。香司……」

香司は、苦いものを飲み下すような顔になった。

「呪縛して、安全な場所に置いていこう。まずは、おまえの記憶を取り戻すのが先決だ」

（なんでだよ……？）

忍にはなぜ香司がそこまで自分の記憶にこだわるのか、わからない。

しかし、その理由を尋ねれば、香司がまた嫌な思いをしそうで、どうしても訊くことはできなかった。

第三章　運命はドアを叩《たた》く

晴れていた空が、急に暗くなってきた。

まるで夕暮れ時のような空の色だ。嵐《あらし》が近いらしい。

鏡池《かがみいけ》には、三角波が立っていた。

「香司《こうじ》さま、明日にされたほうがよろしいのでは？」

池の畔《ほとり》で、心配そうに横山《よこやま》が言う。

香司は厳しい表情で腕組みして、広い池を見つめていた。

「水に潜る必要があるかもしれんな」

横山の忠告を聞き入れる気は、まったくないようだ。

香司の後ろでは、若草色のピーコート姿の忍《しのぶ》が冷えた両手を握りしめている。

（なんで、こんな冬の池に潜るだなんて……。こいつはオレのこと、嫌がってるはずなのに……どうしてだよ？）

香司の気持ちがわからない。

「潜水具とか酸素持ってくるんですか……じゃなくて、持ってくるのか？」

香司の背中にビリッと電流のようなものが走る気配に、忍はびくっとして敬語をやめた。

しかし、こんなに心の距離がある相手にむかって親しげに話しかけるのは難しい。

香司は肩ごしにチラと忍を見、苛立《いらだ》ったような目をした。

「そんなものを使うか」

心のなかで「バカ」とつけ加えられた気がして、忍は身を縮めた。

香司に冷たくされるのが、切なくてたまらなかった。

「では、どうなさいます、香司さま？」

穏やかな声で、横山が尋ねる。

「〈遊水玉《ゆうすいぎょく》〉を使う」

「ゆうすいぎょくって……？」

忍は、目を瞬《しばたた》いた。聞いたことのない単語だ。……いや、心のどこかにひっかかっている。

「大井川《おおいがわ》の河童《かっぱ》が持っている小さな玉だ。あれを口に含めば、水に潜ることができる」

どことなく不機嫌そうな様子で、香司が説明してくれる。

（ああ、思い出した。たしか、誰かが使ってたんだ。大井川の龍宮《りゅうぐう》で……）

その「誰か」の顔を思い出そうとすると、霧にまかれたように頭が霞《かす》む。

「ええと……人間も安全に水に潜れるけど、たしか……口がきけなくなるんだよな」

かろうじてかき集めた記憶を頼りに、忍はおぼつかない口調で言った。

「そうだ。……横山、鮎子《あゆこ》のところに使いを出し、また借りてきてくれ」

鮎子というのは、大井川に棲《す》む河童の長《おさ》だ。

頭に皿はなく、見た目は髪の長い美女だった。

継彦《つぐひこ》が大井川の河童たちを苦しめていた時、鮎子は忍たちに助けをもとめてきた。

それ以来の縁である。

去年の夏の事件の時、先代の長であった父親を亡《な》くしたため、今は鮎子が跡を継いでいる。

「は……。かしこまりました」

横山が恭《うやうや》しくうなずく。

「あの……香司さんは〈遊水玉〉で池に潜るのか……潜るんですか?」

忍は、香司の綺麗《きれい》な横顔をじっと見上げた。

「おまえの記憶を取り戻さなければならないからな」

無表情になって、香司が低く言う。

「こんなに寒くて、水も冷たいのに……。無理しなくていい……です」

「よけいなことを言うな」

ボソリと言われ、忍は息を呑《の》み、目を伏せた。

「香司さま、そのおっしゃりようは……」

横山が、めずらしくフォローに入る。

だが、香司は目で横山を黙らせた。

「いいから、〈遊水玉〉をとってこい」

「は……」

横山は、スーツの懐《ふところ》から呪符《じゆふ》をとりだした。

「あの……すみません」

この時、忍は声をあげた。

「なんだ？」

冷ややかな口調で、香司が尋ねてくる。

その感情の読めない眼差《まなざ》しに怯《ひる》みながら、忍は懸命に言った。

「オレも……行っちゃダメですか？」

「行くって？」

「池のなか……です。オレのぶんの〈遊水玉〉もあったら、借りてきてほしいんです」

香司は「冗談じゃない」と言いたげな目をした。

「危ないから、沈んでいるのはオレの記憶なんですよね？　香司さんだけを行かせるわけにはいきません」

「でも、おまえは来るな」

一生懸命に食い下がる忍を見、香司は眉根をよせた。

「おまえの記憶を封じたのは、鏡野継彦たちだ。その記憶を取り戻しに行こうとしたら、どんな妨害があるかもわからないぞ。いや、ないほうが不自然だ」

「でも、行きたいんです」

「行かせてください」

忍の決意が固いのを見て、香司はため息をついた。ここで言い争っている場合ではないと思ったようだ。

「しかたがない。横山、こいつのぶんの〈遊水玉〉も頼む」

「は……」

あらためて、横山が二枚の呪符を放つ。

「急々如律令！」

呪符は空中で光り、黒猫とペリカンの式神に変わった。

羽ばたきながら飛びたとうとするペリカンの白い背に、黒猫が飛び乗る。

二体の式神たちは、葉の落ちた木々の梢をかすめるようにして西のほうに飛び去った。

ざわざわと風が鳴る。

ほどなく、待ち受ける忍たちのもとに黒猫とペリカンの式神が戻ってきた。

黒猫は笹《ささ》の葉でくるみ、紐《ひも》で結んだ小さな包みをくわえている。

ペリカンが着地するなり、黒猫は横山に駆けより、その手のなかに包みをポトリと落とした。

黒猫とペリカンは大気に溶けるようにして姿を消す。

「それが〈遊水玉〉か……」

「そうだ」

香司が包みを開き、なかから大粒の真珠くらいの白い玉を二つとりだす。

「これを口に含めば溺《おぼ》れないし、服も濡《ぬ》れないが、口はきけなくなる。水中では勝手な行動はとるな。俺が手真似《てまね》で指示を出すから、それに従え」

〈遊水玉〉を一つ、忍に手渡しながら、香司は厳しい声で言った。

「わかりました」

忍は緊張しながら、小さくうなずいた。

手のなかの〈遊水玉〉は、ある種の貝の内側のように白く光沢があり、硬くて、表面がつるつるしている。

香司が忍の他人行儀な態度にため息をつき、〈遊水玉〉を口に含み、波立つ池に入っていく。

忍も、恐る恐る白い玉を口に入れた。

何か味がするかと思ったが、とくに味はしない。

(よし。行くぞ)

大きく息を吸いこんで、忍も香司の後につづいた。

横山が「お気をつけて」と言うのが聞こえた。

＊　　　＊

水のなかはひんやりとしていたが、冷たくて耐えられないというほどでもない。

真冬の池に入るのだから、さぞかし冷たいのだろうと予想していた忍は拍子ぬけした気分になっていた。

二人の身体《からだ》は、ゆっくりと水底《みなそこ》にむかって降下していく。

意外と、水は深かった。

数メートル潜っても、まだ底にたどりつかない。

〈遊水玉〉のおかげか、視界は思ったより、はっきりしていた。

さっきまで陽《ひ》が翳《かげ》って薄暗かったのに、池のなかは光源の定かでない光に照らしだされている。

香司が振り返り、忍に手を差し出してきた。

忍は少しためらい、その手をつかんだ。

暖かな指に、なぜだかドキリとする。

しかし、忍は懸命にそんな自分の感情を隠そうとした。

(ダメだ、こんな時に……。こいつは水のなかでオレが行方不明になると困るから、手をつないだだけなんだ。変な期待するな)

そもそも、男同士で手をつないだだけで、こんなに意識するほうがおかしい。

香司が、ふいに水の底を指差した。

(え？　あれ？)

そこには、石の彫刻のようなものが長々とのびていた。彫刻は、蛇に見える。

どうして、こんな池の底に蛇の石像があるのかわからない。

香司が忍を抱えるようにして、蛇の像から離れたところに移動してゆく。

不安げに見上げる忍を、無表情な白い顔が見下ろしてくる。

香司は忍を安全な場所に下ろし、「そこにいろ」と手で合図し、自分だけ石の像に近づいていった。

黒いスーツの背中を見送りながら、忍は香司に握られた手を無意識にそっとつかんでいた。

（なんで、こいつはあんなに一生懸命、オレの記憶を探そうとしてくれてるんだ？　婚約者のふりをするのに必要だからかな。でも……義務感だけで、こんなことできちゃうんだろうか。オレのこと、あんまり好いてないはずなのに。オレだったら……そんな人の記憶を取り戻すために、ここまではできねえ）

そんなことを考えて、忍は首を横にふった。

今は、よけいなことを考えている場合ではないはずだ。

香司が石の蛇の側《そば》で足を止め、そっと白い手をのばそうとする。

その瞬間だった。

石の蛇の目が、ギラリと光った。

（危ねえ！）

思わず、忍は悲鳴をあげそうになった。

素早く香司が飛びのき、スーツの懐から小刀をとりだした。小刀には、赤みがかった木の柄《つか》がついている。

今の忍は知らないことだったが、これが〈青海波《せいかいは》〉。夜の世界の三種《さんしゅ》の神器《じんぎ》の一つ、八《や》握剣《つかのつるぎ》である。

石の蛇の腹のあたりに、ぼーっと丸い光が点《とも》る。

次の瞬間、石の鱗《うろこ》がはがれ落ち、その下から水蛇が現れた。腹から丸い光が透けて見えている。

（やべえ！）

そう思った時、香司が忍のほうを振り返った。慌ただしく、「上へ帰れ」という仕草をする。

忍は、首を横にふった。

ここで自分が逃げたら、香司はあの蛇の化け物と水底にとり残される。

そんなことをするわけにはいかなかった。

香司が「困った奴《やつ》だ」と言いたげな目をして、軽く左手をあげる。

その合図とともに、忍の横にすうっと巨大なペリカンが現れた。横山の普段のペリカンの三倍くらいの大きさだ。

（え？　ペリカン⁉）

忍がハッとしたとたん、ペリカンががばっと大きな口を開いた。

（嘘《うそ》……！　ぎゃーっ！）

ぱくっとペリカンに呑みこまれ、忍は必死に暴れだした。

＊　　＊

気がつくと、忍は濡れ鼠《ぬねずみ》で池の側に転がっていた。

顔のすぐ横で、鮒《ふな》がびちびちしている。

巨大ペリカンは忍を吐きだした後、消えてしまった。

（寒い……）

身震いしながら、忍は起きあがった。

その目の前に、すっと白いバスタオルが差し出されてくる。

「忍さま、手荒なやり方になってしまって、申し訳ありません。危険な状態になりましたら、無理にでもお助けするようにと申しつかっておりました」

横山が深々と頭を下げる。

忍はバスタオルを受け取り、冷えた指で濡れた髪や顔を拭《ふ》きはじめた。少し迷って、〈遊水玉〉を口から出す。

後ろのほうで、いつの間にか焚《た》き火《び》が燃えていた。乾いた衣類らしいものが、火の側に畳んで置かれている。

「香司さんは？」

火の側に近よりながら、忍は尋ねた。

「まだ、池のなかにいらっしゃいます」

「そんな……！　助けに行かないと！」

だが、寒くて歯の根があわない。

「香司さまは、かならず戻ってまいります。信じてお待ちください」

横山は忍の肩にバスタオルをかけ、もっと火の側に寄るように促した。

「お着替えも用意してございます。私は後ろをむいておりますので、どうぞ……」

横山が言いかけた時、池の水が激しく波立ちはじめた。

「香司さん！」

震えながら、忍は池の畔に駆けよった。

そのとたん、ザッパーンと水音をさせて、水のなかから巨大な水蛇の胴体と香司の頭が浮いてきた。

「このなかだ！　こいつが記憶を呑みこんでいる！」

水のなかで水蛇と格闘しながら、香司が叫ぶ。

「オレも行く！」

飛びこもうとする忍を、香司がキッと睨《にら》んだ。

「おまえは来るな！」

（なんでだよ！　オレの記憶だろ！）

言おうとしたが、声が喉《のど》につまったようになって出ない。

香司に睨まれたのが、自分で思った以上にショックだったのだろうか。

「横山！　こいつを押さえておけ！」

香司の命令と同時に、横山が「失礼します」と言って、バスタオルの上から忍の両肩をつかんだ。

それだけで、忍の身体はピクリとも動かなくなった。

(何……やったんだよ⁉)

「放してください！　このままじゃ、香司さんが！」

「落ち着いてください、忍さま。危険です。ここは、香司さまにおまかせください」

忍は、唇を嚙《か》みしめた。

香司の気持ちがわからない。

どうして、こんなに危険なことをするのだろう。自分の記憶のことなど、あきらめてしまえばいいのに。

(バカ野郎……！　なんで、こんな真似《まね》するんだよ⁉)

泣くまいと思っているのに、涙が出そうになる。

激しく水が泡立ち、水蛇の尻尾《しっぽ》が緑の水面を叩いた。

水中での戦いは、長くつづいたようだった。

ふいに、池全体が白く光った。

強い光が、サーチライトのように薄暗い空を照らしだす。

「香司さん！　香司さんっ！」

忍は、池に近づこうと必死に暴れた。

ふいに、横山の手の力がゆるんだ。

（よし！　今だ！）

駆けだした忍の目の前に、人の頭が浮いてきた。

「香司さん！」

香司は弱々しく水をかき、岸に這《は》いあがった。

スーツの腕には何ヵ所か傷があり、うっすらと血が滲《にじ》んでいた。どうやら、水蛇に噛まれたらしい。

池の光は、薄れて消えた。

横山が、心配そうに香司に近づいてくる。

「ご無事でしたか、香司さま」

香司は無言で横山を見、忍を見て、すっと手を差し出してきた。

その手のなかには、一角獣のペンダントを封じこめた水晶球がある。

（取り返してくれたんだ……。こんなにボロボロになって）

そう思った時、忍の身体は勝手に動いていた。

香司の前に膝《ひざ》をつき、精魂尽き果てた身体をギュッと抱きしめる。

「忍……」

少し驚いたような声が、忍の名を呼ぶ。

「すみません。オレのために……」

涙声で言われて、香司はふっと硬い表情になった。

抱きしめてくれた忍の気持ちはうれしかったが、やはり変わらない他人行儀な態度に失望したのだろう。

「べつに……おまえのためにやったわけじゃない。他人の記憶をいじるような、あいつらのやり方が気に入らなかっただけだ」

それだけ言って、香司は忍の胸を押しのけ、ふらつく足で立ちあがった。

拒絶するような香司の言葉に、忍は息を呑み、目を伏せた。

香司は、咎《とが》めるような目で忍を見下ろした。

「風邪《かぜ》をひくと足手まといになる。さっさと着替えろ。……言っておくが、おまえを心配しているわけじゃないからな」

「香司さま」

横山が何か言いたげに主《あるじ》を見た。

香司は軽く舌打ちし、しゃがみこんで忍の手のなかに水晶球を押しこんだ。

それから、自分のジャケットを脱ぎ、震える細い肩に乱暴に着せかける。

「車を用意しろ、横山。こいつが震えているじゃないか。連れて帰って、さっさと風呂《ふろ》に放《ほう》りこめ」

「香司さまも、お休みになったほうがよさそうですね」

穏やかな声で言いながら、横山が忍を促して立ちあがらせる。

香司は、それには何も答えなかった。

＊　　　＊

同じ頃《ころ》、鏡池から少し離れた林のなかで、戸隠《とがくし》が腕組みしていた。

「失敗しましたか。これだから、カマイタチは。しかたがありません。私が御剣《みつるぎ》香司めにとどめを」

妖《あやかし》の手がすっとあがり、怪しい印《いん》を結ぶ。

その瞬間だった。

ビシュッ！

戸隠の肩口を、強い妖気《ようき》が切り裂いた。

「ひっ！」

戸隠は黒いコートの肩を押さえ、あたりを見まわした。その指のあいだから、血があふれだしてくる。

木々のあいだから、チャコールグレーのコートに身を包んだ長身の姿が現れる。綾人《あやと》である。

戸隠を見据える綾人の瞳《ひとみ》には、決して忍には見せることのない酷薄な光があった。

その姿を見たとたん、戸隠は悲鳴をあげ、一陣の風とともに逃げ去った。

あとには生臭い妖気が漂っているばかりだ。

「逃げ足だけは速いな」

低く呟《つぶや》いて、綾人は池のほうに視線をむけた。

濡れ鼠の忍と香司を乗せて、車は街の中心部のほうに走り去っていく。

風に混じって漏れ聞こえた会話では、どうやら人間たちはホテルに帰る前に、近場の温泉施設で身体を暖めるようだ。

それを見送り、綾人は音もなく歩きだした。

＊　　＊

諏訪《すわ》市内から一時間ほどかけてビーナス・ラインのホテルに戻ると、香司は高熱を出し、寝込んでしまった。

どうやら、水中で水蛇に噛まれたことと、忍が記憶をなくしてしまったことが、そうとうこたえたらしい。

気絶するようにベッドに倒れこみ、あとはもう意識がなかった。

忍も横山に容赦なく熱い風呂に放りこまれ、風邪薬を飲まされ、香司の隣のベッドに追いやられた。

取り戻した水晶球は、忍が触れてもなんの反応も見せなかった。

ガラスのように脆《もろ》そうに見えたが、床に落としても壊れない。

横山はせっかく取り戻した水晶球を護《まも》るため、小さな結界を張っていった。

真夜中、忍はベッドから起きだした。

さっきまで香司の看病をしていた横山は、席を外しているようだ。

忍はあたりを見まわし、そーっと意識のない香司に近づいた。

香司の額にのせていたタオルが乾いているのに気づき、水で濡らして取り替える。

目を閉じた香司の顔は、こんな時だというのに彫刻のように綺麗だった。

忍は切ない想《おも》いで香司の顔を見つめ、汗でへばりついた髪をそっとかきあげてやった。

わけのわからない激しい感情が、ふいに忍の胸を突きあげた。

あんなにひどいことを言われて、突き放されたのに、まだこの人のことが嫌いになれない。

憎むことも、無視することもできない。

忍は、かすかに唇を震わせた。

「香司さん……香司……。あの時は言えなかったけど、オレ……本当におまえに感謝している」

香司の耳には、決して聞こえないであろう言葉。

好きでもない少年のために真冬の池に飛びこんでくれた、この黒髪の婚約者に報いることができるなら何をなくしてもかまわない。

忍は、震える指で香司の髪を軽く撫《な》でた。何度も何度も。

「ごめん。オレは……おまえに嫌な思いばかりさせているけど……」

まぢかにある形のよい唇を見下ろし、忍はためらいがちにそっと唇を近づけ——触れる寸前に火傷《やけど》したように身を引きはがした。

（オレ……今、何を……！）

同性相手に、こんな行為をしようとしたことが信じられない。

「バカだ……オレ……こんなの」

弱々しい呟きが漏れる。

忍は自分のベッドに座り、両手で頭を抱えた。

「やっぱり……そうなのかな。オレ……」

忍は深いため息を漏らし、立ちあがって廊下につづくドアのほうに歩きだした。パジャマを脱いで白地にボーダー柄のセーターとジーンズに着替え、しっかりピーコートを羽織る。

部屋を出る前に忍は振り返り、意識のない香司にむかってささやいた。

「ごめん、香司。オレ……記憶がないけど、おまえのことが好きだ。絶対、おまえにバレるようなことはしないけど……」

そのまま、するりと部屋を滑り出す。

香司が目を覚ます気配はなかった。

＊　＊

会えるとは思わなかったが、ホテルのロビーに目指す相手がたたずんでいた。

「やあ、忍さん」

顔をあげ、微笑《ほほえ》んだ綾人は忍の思いつめたような表情を見て、少し心配そうな目になった。

「どうしたの、忍さん？　香司君に何かあったのかい？」

「香司さんは、熱を出して寝込んでいます。……風邪と過労だと思いますけど」

忍は綾人に歩みより、その端正な顔を見上げた。

「鏡野さん、私は鏡野さんに謝らなければならないことがあるんです」

忍の一人称が「私」だったことに気づいたのか、気づいていないのか、綾人の表情に変化はない。

「何かな?」

尋ねる声は、やわらかい。

(言わなきゃ)

無意識に深呼吸して、忍は口を開いた。

「とっくにご存じだったかもしれませんけれど、今まで黙っていて、ごめんなさい。実は……オレ、男でした。……すみません。隠してて」

その言葉を口にするには、勇気がいった。

ある意味では、御剣家への裏切りでもあるからだ。

しかし、忍はこれ以上、嘘を嘘で塗り固めたまま、綾人とむきあうことはしたくなかったのだ。

これから、大事なことを言わなければいけないのだから。

綾人の瞳が、忍を包みこむように優しくなった。

「うん。知っていたよ」

（やっぱり……）

忍は、目を伏せた。

隠しておけるはずがなかったのだ。

しかし、次に綾人の口から出たのは意外な言葉だった。

「ようやく、本音で話してくれたね、ぼくの大切な人。ありがとう」

その声には、万感の想いがこもっていた。

忍は、自分の精一杯の気持ちが綾人に伝わったことを知った。

「もう一度言う。ありがとう。たとえ君が男でも女でも、ぼくの気持ちは変わらないよ。君を愛している」

真摯《しんし》な眼差しは、揺らがない。

それに応《こた》えられない自分がつらくて、忍はつい綾人から視線をそらしそうになる。

しかし、懸命に逃げまいと心に念じる。

「でも、お嫁さんにはなれません」

はっきりとした声で、忍は言った。

「君がぼくの側にいてくれさえすれば、それで充分だよ。……もし、君の懸念《けねん》がそういうことであればね」

深い眼差しになって、綾人がそっと言う。

大蛇《おろち》一族の当主は、忍が言おうとしている言葉をうすうす察しているように見えた。

「ごめんなさい。オレには、好きな人がいます。恋人になりたいとか、そういう大それたことは望みませんけれど……大事な人なんです」

「そう。その幸運な人は、君の気持ちを知っているのかな?」

一呼吸の間をおいて、静かな声で綾人が尋ねる。

香司を名指しされたわけではないのにドキリとして、忍は深く息を吸いこんだ。

「一生、知らせるつもりはありません。こんなの……不自然ですし、きっと嫌われてしまうと思うんです。でも、オレはあの人の側にいたいし、できれば、ちゃんとした友達になりたい。一生むきあっていけるような友達に」

「そこまで、君はその人のことが好きなの」

綾人は、寂しげな目になった。

「おかしいですよね。記憶をなくして、何もわからなくなって、それなのに……どうして、こんなに……」

忍の唇が、震えた。

(ダメだ。落ち着かねぇと。ここで泣くわけにはいかないんだ)

「すみません。……鏡野さんは、オレの友達にはなれませんよね?」

「そうだろうか」

「鏡野さんにとって、オレは『姫君』でしょう？　友達じゃない」

忍は、かすかに微笑んだ。その笑顔は当人には自覚はないが、ひどく寂しげに見えた。

この時、綾人は自分が拒絶されたことをはっきりと悟ったようだった。

つらそうな目で人間の少年を見下ろし、しばらく言葉が出ずにいる。

忍もまた、なんと言っていいのかわからず、目を伏せた。

誰かを選ぶということは、誰かを決定的に傷つけることなのかもしれない。

綾人の想いがどれほど貴重なものか、察することのできない忍ではなかった。

大蛇一族の当主の愛は、得ようと思って得られる種類のものではない。

それは、人の世界の愛とは違う。

妖は一度愛すれば、人間のように心変わりしないのだ。

それでも、愚かだとはわかっていたが、忍は香司を選びたかった。全身全霊をかけて、選ぼうとしていた。

たとえ、一生想いが届かないとしても。

（オレはあいつの側にいたいから……。鏡野さんに思わせぶりな態度をとっちゃいけない）

「すみません。オレは……あの人のことが好きなんです」

それだけ言って、忍は黙りこんだ。

長い沈黙の後、綾人が静かに口を開いた。

「忍さん、この事件が終わって、叔父《おじ》が君に手を出せなくなるまで、ぼくは君を護るよ。たとえ、どんなに嫌われても、君の側を離れない」

忍は、息を呑んだ。

どうして、この人はこんなに強くて優しいのだろう。

あんなにひどいことを言ったのに、まだ自分を護ろうとしてくれている。

綾人のことを好きになれたら、どんなにか楽だったろう。

「……嫌いになんか、なるわけないじゃないですか。幸せになってほしいんです」

想いをこめて見上げると、綾人のひどく切なげな瞳が忍の目を見下ろす。

人と妖は互いの目を見つめあったまま、それぞれの場所で動かなかった。

＊　　＊

綾人と別れて、数分後。

そっとスイートルームに滑りこみ、ベッドルームのドアを開けたとたん、冷ややかな声が忍を迎えた。

「どこに行っていた？」

（香司⁉）

忍はびくっとして、右手のツインベッドのほうを見た。

そこに、香司が紺と白のストライプのパジャマ姿で座っていた。

忍を見る瞳には、苛立ちと怒りの色があった。

どうやら、香司は忍が綾人に会いに行ったことを察していたらしい。

サイドテーブルのまわりには、握りつぶされた呪符や半分焦げた紙人形が散乱していた。

何に使ったのかは、考えたくもない。

忍の記憶を封じた水晶球は、まだサイドテーブルの上にあった。

「起きたりして大丈夫か……大丈夫ですか、香司さん？」

わけのわからない怒りの波動を受けながら、忍は恐る恐る尋ねた。

あの高熱がすぐに下がるとは思えなかった。きっと、香司は無理をしているのだ。

「あの……横山さんを呼びましょうか」

ピーコートを脱ぎ、正面のウォークインクローゼットにかけながら、忍は小さな声で尋ねた。

「呼ぶな！」

鋭い声で怒鳴られ、忍は身を縮めた。

どうして、こんなに怒られるのかわからない。

(オレ、なんかしたか?)

「なんで、そんなに怒ってるんですか?　オレが黙って出ていったからだったら、謝ります。すみません」

好きな人に怒られるのは、つらい。

ましてや、理由がわからないのならば、なおさらだ。

(もし誤解なら、解かなきゃ……。こいつは病人なんだから、興奮させちゃダメだ。身体に障《さわ》る)

「すみませんだと?　謝るくらいなら、あいつのところに行ったりするな」

押し殺した声で、香司が言った。

「あいつ……?」

まさかと思った時、香司がキッと忍を睨んだ。

「俺《おれ》に言わせる気か?　鏡野綾人だ」

「…………!」

思わぬことに、忍は息を呑んだ。

(知ってたんだ。会いに行ったこと……!　どうして!?)

「図星か」

冷たい声で、香司が言った。

よそよそしい横顔は青ざめ、とりつく島もなかった。

(どうしよう。鏡野さんに会いに行った理由なんか言えないし……。言えば、こいつのことを好きだって……言うしかなくなるし……。でも、それだけは絶対に隠さねえと)

困惑する忍にむかって、香司が乱暴に手招きする。

「こっちに来い」

(なんだろう)

少しためらっていると、香司の黒い瞳に酷薄な光が浮かんだ。

「なんだ？　俺の側にはよりたくないのか？　夜中に大蛇と会うのは平気なくせに」

「香司……さん？」

「おまえは、俺のなんだ？」

突き刺すような言葉に、忍はすくみ、弱々しく首を横にふった。

「違います。変なつもりで鏡野さんに会いに行ったんじゃなくて……」

「言い訳はいい！　おまえは、俺のなんだ？」

炎のような目で忍を見、香司がくりかえす。

「婚約者……ですけど」

忍は、小さな声で答えた。

しかし、心のなかでは疑問が膨れあがりはじめていた。

どうして、香司はこんなことを訊《き》くのだろう。

どうして、こんなに綾人に会いに行ったことで怒るのだろう。

まるで、独占欲をむきだしにしたような瞳で。

「そうだ。おまえは、俺の婚約者だ。違うか？」

「違いません……。でも、香司さんはお義理で婚約したんですよね？」

（オレのことなんか好きじゃないくせに、どうして、そんなに怒るんだ？）

理不尽なことをされているような気分になる。

忍の言葉に、香司はギリリと唇を噛みしめた。

「ほう。おまえは、そんなことを思っていたのか」

「だって、男同士ですよね。それに……ずっとオレに冷たい態度とってるじゃないですか……！　今だって、怒ってる！」

忍の喉の奥がキューッと狭まり、鼻がツンとなってきた。

泣くまいと思うのに、今にも涙がこみあげてきそうだ。

香司がつかつかと近づいてきて、忍のセーターの腕をつかんだ。

痛いほど指が食いこむ。

「おまえは……！」

「やめてください。痛い……」

ベッドのほうに引きずられていきながら、忍は潤んだ瞳で香司を見上げた。

香司は一瞬、息を止めたようだった。

それから、乱暴に忍を引きよせ、唇をあわせる。

(え……!?)

歯がぶつかるようなキスに、忍は呆然《ぼうぜん》と目を見開いた。

何が起きているのか、わからない。

(オレ……怒られてたんじゃねえのか?)

「おまえは、バカだ」

唇を離して、香司が吐き捨てるように言った。

「なんでだよ!?　ちゅ……ちゅーなんかしといて!　何考えてるんですか、香司さんは!?

なんで、こんなことするんですか!?」

「おまえが好きだからに決まっているだろうが!」

ビンと響く声で怒鳴られて、忍はまじまじと香司の顔を見た。

香司は怒ったような顔をしているが、目もとに照れ臭そうな気配が漂っている。香司は
香司なりに、心臓が破裂しそうな気持ちでいるらしい。

(嘘……。好きって言った……)

今、聞かされた言葉が信じられない。

(じゃあ……鏡野さんに会ったのを怒ってたのって……そういう意味か)

そこまで思って、忍は真っ赤になった。

両耳がカーッと熱くなってくる。

「え？　ええっ？　オレのこと……⁉　だって、オレ、記憶がないし、男だし」

忍は信じられない想いで香司の顔を見つめ、小さな声で言った。

「それに……オレのこと好き……なら、どうして、あんなに冷たい態度とったんですか？　オレ、絶対嫌われてると思ったんですけど……」

香司は、答えたくなさそうに見えた。

照れているのか、男として、今さらそんなことが言えるわけがないと思っているのか。

しかし、答えてくれなければ、忍は納得できない。

「黙ってたら、オレのこと、やっぱり嫌いだって思いますよ？」

追いつめられて、香司はため息をついた。

「……だから、あれはおまえの記憶がなくなったから……よけいなことを言うと、おまえに負担がかかると思ったんだ」

「よけいなことって……？」

突っ込まれて、香司はさらに困ったようだった。

「だから、おまえのことを好きだとか、つきあっていたとか、そういうことだ」

「え？　オレたち、つきあってたんですか⁉」

それは、今の忍にとっては驚愕《きょうがく》の事実だ。

（ホントに両想いだったんだ）

香司はあきらめたような表情で、うなずく。

「じゃあ……オレが好きだった人って、やっぱり香司さん……」

「香司でいい」

ボソリと香司が言う。

「香司」

呼び捨てにしてみて、忍は激しく照れた。

（なんだろう。すげぇ恥ずかしい……）

香司も恥ずかしそうな顔になっている。

「じゃあ、さっき、オレのこと怒ってたのって……？」

「それは……あれだ。……言わせる気か？」

「聞きたいな」

笑顔になって、忍はねだる。

香司は「この野郎」と言いたげな目になった。

「嫉妬《しっと》だ。もういいだろう、忍」

腕をつかまれ、抱きよせられる。

忍は緊張でぎくしゃくしたまま、香司のパジャマの胸に頬《ほお》をよせた。

ほのかに、青草に似たいい香りが忍を包みこむ。

なぜだか、むしょうに懐《なつ》かしい匂《にお》いだった。

(オレのこと……嫌ってたんじゃなかったのか。好きだったんだ)

そう思い、胸の奥まで香司の肌の香りを吸いこんだとたん、こみあげてくるものがあった。

どうしようもなく、過去のつらかった時間が思い出されてくる。

本当に、苦しかった。

きつくて、苦しくて何度ももうダメかと思った。

永遠に自分はこの想いを胸に秘めたまま、耐えていくのだと思っていた。

それなのに、香司は好きだと言ってくれたのだ。

(オレ……幸せだ……)

パジャマの布ごしに、香司の少し速い鼓動が伝わってくる。

香司の腕のなかで、忍は顔を上げた。

まぢかに綺麗な顔がある。

その気恥ずかしい言葉は、なんのためらいもなく忍の唇から滑り出た。

「好きだ……」

「忍……」

香司の瞳に驚きの色が浮かび、すぐにそれは大きな喜びの色に変わっていく。

「愛しているよ」

想いをこめた声で、香司が、そっと言った。

まさか、そんな言葉をもらえるとは思っていなかった忍は、まじまじと香司の整った顔を見つめた。

「ホントに？」

黒髪の少年は、切ないほど優しい目をしている。

「愛してる」

この時ばかりは照れる様子もなく、香司ははっきりと言った。

忍も、小さくうなずいた。

「オレも……」

暖かな手が、そっと忍の頬を包みこんだ。

唇に唇が軽く触れる。

（あ……）

忍は真っ赤になって、香司から離れた。

なんといっても、今の忍にとってはほとんどファーストキスのようなものだったから。

さっき強引に奪われたものは別として。

サイドテーブルの水晶球のなかで、封じこめられた一角獣のペンダントがキラキラしている。

今になって、ようやく香司がその水晶球にこだわった理由がわかる。

二人の大切な過去が——恋人として暮らした時間が、そのなかにあったからだ。

忍は水晶球を手にとり、香司の顔を振り返った。

黒髪の少年は愛《いと》しさをこめた眼差しで、じっと忍を見つめている。

この少年になら頼ってもいいのだと、忍は感じた。

疲れた時もつらい時も、もう二度と一人きりになることはないだろう。

喜びを分かち合える相手がいて、自分が倒れそうになった時に抱き止めてくれる腕がある。

それは、何より幸福なことだと思えた。

(ああ、そうだ……)

これを取り戻してくれた香司に、ちゃんとお礼を言っていないと気づく。

忍は、香司の漆黒の目をじっと見上げた。

「あの……香司、これを取り戻してくれて、本当にありがとうな。ここに入ってる記憶、どうやって戻していいのかわからねえんだけど……」

香司は忍の目を見下ろし、穏やかに微笑んだ。

「気にするな。一緒に過ごした時間が消えてしまったわけじゃない。そのなかにちゃんとあるから」

「うん……。大事にする……。ずっと」

忍は、水晶球をそっと胸に抱きしめた。

これは、何よりもたしかな香司の愛の証《あかし》。

この先、香司への想いに悩み、迷うことがあったとしても、この水晶球を見れば、自分はきっと思い出すことができるだろう。

どれほど、香司が自分を愛してくれているか。

そして、自分がどれほど香司のことを大切に想っているか。

(忘れちまって、ごめんな)

思い出すことができるなら、どんなにかよかったろう。

(それでも、愛してるから……)

ふいに、忍の瞳から透明な涙があふれだし、つっ……と頬を伝った。

忍は、目を見開いた。

どうして涙が出るのか、わからない。
ポタリ……と落ちた涙が、水晶球を濡らす。
その時だった。
水晶球が内側からパーッと輝きはじめた。
（え？）
香司も驚いたような瞳で、この光景をながめている。
忍の顔が水晶球の放つ光に照らされる。
髪も睫毛《まつげ》も透きとおり、光に溶けていきそうだ。
次の瞬間、忍の胸のなかに怒濤《どとう》のように流れこんでくるものがあった。
熱く切なく強烈な想い。
一年ぶんの濃密な記憶。
（香司……！）
水晶球は忍の手から滑り落ち、床にあたって砕け散る。
壊れないはずの水晶球が。
シャリンと澄んだ音をたてて、一角獣のペンダントが床に転がった。
忍はそれにも気づかず、ただ目の前に立つ黒髪の少年を見つめつづけた。
胸にあいていた暗い穴は、同じ形をした温かで優しいものにふさがれていた。

「香司……」

手をのばして恋人のパジャマの肩に触れ、そっと抱きしめる。

香司の目が、喜びに見開かれる。

「思い出したのか？」

忍は、小さくうなずいた。

香司の腕が、忍の背にまわる。

愛情のこもった仕草だった。

忍も香司の肩にしがみつき、恋人の暖かな首に頬を押しあてた。

(帰ってきた……。オレ、ここに帰ってきたんだ)

恋人たちは抱きあい、長いこと、そのままの姿勢で動かなかった。

＊　　＊

夜のなかで、粉雪が舞っていた。

諏訪インペリアル・パレス・ホテルの庭で、綾人が静かに一つの窓を見上げていた。

チャコールグレーのコートの肩に粉雪が降りかかる。

明るいオレンジ色の光が漏れる窓。

そのなかに、忍と香司がいるのだ。
どのくらい長いこと、そうやって立っていたのだろう。
ふと、ニャーという鳴き声とともに綾人の足にやわらかなものがすりよってきた。
香木猫《こうぼくねこ》だ。
綾人は足もとを見下ろし、かすかに微笑んだ。
「君か」
香太郎《こうたろう》は寒そうに、綾人の靴に前脚をのせている。
「寒いね」
綾人はそっと香木猫を抱きあげ、もう一度、忍たちの部屋の窓に視線をむけた。
妖たちは黙って、人間の部屋の灯《ひ》をながめていた。
いつ果てるともなく、暗い空から粉雪が舞い下りてくる。

＊　　＊

同じ夜だった。
忍たちのホテルから遠く離れた高級旅館の裏庭で、継彦が舌打ちしていた。
大蛇のすぐ後ろには、蓋《ふた》でふさがれた古井戸がある。

古井戸の傍《かたわ》らにはどこから持ってきたのか、水に濡れた石棺が置かれていた。

「呪縛が解けたか」

冷ややかな瞳で、継彦が呟いた。

「申し訳ございません。人間があの呪縛を打ち破った例は、今までございませんでした」

賢三《けんぞう》が深々と頭を下げた。

二人から少し離れたところには、戸隠がひっそりと立っていた。

「言い訳はいい。なぜ、こんなことになった⁉」

「わかりません。……しかし、呪縛自体に不備はございません。破られたのは、松浦《まつうら》忍と御剣香司の絆《きずな》が強すぎたためです。あれほどの絆、人間の世界でもめずらしいのではないでしょうか。私はいただいた情報の範囲内で、務めは果たしました。次兄の鎌《かま》の破片、返していただくわけにはまいりませんでしょうか」

丁重な口調で、賢三が言う。

継彦と戸隠が目と目を見交わす。

「なるほど。おまえの言い分はよくわかった」

「それでは、破片は……」

賢三がパッと表情を輝かせた。

破片を返してもらえると思ったのだろう。

しかし、継彦は無表情になって、印を結んだ。

「アビラウンケン！」

バシュッ！

賢三の全身に光の縄のようなものがからみついた。

「な……にっ！　何をする⁉　放せ！」

カマイタチは信じられないというふうに目を見開き、必死に暴れはじめた。

けれども、光の縄は外れない。

「破片は返さん」

「なんだと……⁉　約束が違う……！」

「失敗したくせに、約束だけは果たせとは虫がいい」

継彦の声には、押し殺した怒りの響きがあった。

「失敗したのは、私のせいでは……！」

「黙れ。しょせん、カマイタチは使えんということがわかった。おまえも、愚かな兄が封印された井戸の底で眠りにつくがいい」

継彦がパチンと指を鳴らすと、鈍い音がして井戸の蓋が外れた。

異様な妖気が立ち上る。

戸隠が賢三に近づき、手をかざした。

賢三の身体がふわっと浮きあがる。

そのまま、必死にもがく妖の身体は井戸の上に運ばれた。

「最初から、継彦さまには破片を返すつもりなど、なかったのですよ。大蛇一族を信用するとは、バカなイタチです」

戸隠が、クッと陰気に笑った。

「なんだと⁉　たばかったな、鏡野継彦！　よくも……！」

戸隠が手を下ろすと、悲鳴をあげて、賢三の身体はまっすぐ井戸のなかに落ちていった。

井戸の蓋が誰も触れていないのに動きだし、ゆっくりと閉まった。

「二匹目ですね。……生かしておくのも面倒でございます。いっそ嬲《なぶ》り殺《ごろ》しになさっては？」

暗い声で、戸隠が尋ねる。

「長男が御剣香司たちと接触している。カマイタチの兄弟には、まだまだ使い道があるはずだ」

それだけ言って、継彦は歩きだす。

地面から、ゆらゆらと黒い影が滲みだしてきた。影は石棺に近づき、担《かつ》ぎあげた。

そのまま、継彦の後につき従う。

石棺のなかに何が入っているのか。時おり、ポタポタと水が滴《したた》っていた。

戸隠が音もなく主を追いかけ、話しかける。

「継彦さま、ついに好機到来でございますぞ。水蛇との戦いで、御剣香司は衰弱しております。この機に一気に攻めこみ、八握剣を奪うのでございます。休む隙《すき》をあたえてはなりませぬ」

「もとより、そのつもりだ」

冷ややかな口調で言って、継彦は闇《やみ》のむこうを透かし見た。

人ならぬ妖の目には、いったい何が映っていたのだろう。

「御剣香司がいるのは、あのあたりか」

継彦の唇に、酷薄な笑みが浮かんだ。

冷えこんだ諏訪の夜空に、一筋の星が流れた。

＊

＊

大蛇の主従が不穏な会話をしていたのと同じ夜。

諏訪湖のまわりに、ぞくぞくと小さな妖たちが集まりはじめた。

妖狐《ようこ》もいれば、狼《おおかみ》や鯉《こい》の妖もいる。なかには、お椀《わん》の九十九神《つくもがみ》や下駄の九十九神もいた。

妖たちは湖をじっと見つめ、何かを待っているようだった。

「御神渡《おみわたり》は、このぶんでは明後日《あさって》あたりか……」

「冷えこんでまいりましたな。おお、星があんなに光っておる」

期待に満ちたささやきが、暗い湖面を渡っていく。

御神渡というのは、諏訪明神《みょうじん》が凍った湖を渡って対岸の姫神のもとを訪れる神事だ。寒さのきつい真冬の明け方、上社《かみしゃ》から下社《しもしゃ》へ湖を横切るようにして氷に亀裂《きれつ》が走り、その部分の湖面が盛りあがるのだ。

御神渡はできた順番に「一之《いちの》御神渡り」「二之御神渡り」と名付けられ、二つの御神渡が交差するものは「佐久《さく》之御神渡り」と呼ばれている。

地元ではこの御神渡の亀裂の入りかたで、その年の農作物の出来具合や吉凶を占うという。

凍りはじめた湖面は普段と違い、何やら神々《こうごう》しいような霊気を放っている。

まだ氷のはっていない水辺に近づきすぎた小狐《こぎつね》の妖が尻尾を濡らし、ギャンと鳴いて飛びすさった。

尻尾の先が少し溶けてしまっている。

「御神渡の前は、湖の水に触れてはいかんというに。もうあんなに澄んで……妖には清らかすぎるのじゃ。神さまのお通りになる道じゃからな」

「水に入ると溶けてしまうぞ。ほれ、あっちでも」

「毎年、阿呆《あほ》なのが何匹か溶けよる。今年は狐か」

危険な湖と知りながら、妖たちはどうしようもなく惹《ひ》きつけられずにはいられないようだった。

たまに水辺でジュッと音がして、悲鳴があがる。

かわいそうな小狐の妖は安全な場所に戻って、一生懸命、尻尾を舐《な》めている。

その時だった。

一陣の妖風がゴウッと音をたて、諏訪湖の上を吹きぬけていった。

小さな妖たちは悲鳴をあげ、地面に伏せた。

大きな妖たちも身を縮め、夜空を見上げた。

「何事じゃ⁉」

「大蛇が通り過ぎた。怖い怖い」

「こんな平和な土地で、物騒な……」

湖の畔は、しばらく騒がしくなった。

やがて、再び静けさが戻る。

「夜空に、死星が出ておる。不吉なことがおきねばよいが」

誰かが、不安げにポツリと呟いた。

妖たちが空を振り仰ぐ。

北の夜空に、いつの間にか不気味な赤い星が輝いていた。

＊

＊

夜のなかをレンタカーが走りだす。

乗っているのは忍と香司、それに横山の三人だ。

三人を乗せたレンタカーから、土性《どしょう》の香、黒方《くろほう》の香りがしていた。

レンタカーは、立ちこめる瘴気《しょうき》のなかを諏訪湖のほうにむかって走り去る。

それを見送って、ホテルの窓のカーテンがそっと閉まった。

「むこうに食いついてくれればいいが」

窓際《まどぎわ》で、ボソリと香司が呟いた。

「形代《かたしろ》には忍さまの櫛《くし》と香司さまのボールペンを使っております。お二人の霊気が籠《こ》もっておりますから、しばらくは誤魔化せましょう」

横山がサイドテーブルに黒方をたいた香炉を置きながら、穏やかに答える。

レンタカーに乗っていたのは、香司が作った形代——身代わりの人形だ。見た目は本物そっくりだが、攻撃されても香司たちにはダメージはない。

継彦に形代を本物と思わせ、攻撃させているあいだに、こちらは護りを固め、朝を待つ作戦だ。

古《いにしえ》より、朝の光には魔を追い払う力があるのだ。

鏡野一族の一人で、並はずれた妖力を持つ継彦にとっても、朝の光は不愉快なものには違いない。

「朝日が出るのは、七時前後か。二、三時間、むこうで手間どってくれればいいが」

落ち着いた口調で、香司が言う。

忍は、無意識に香司の肩に身をすりよせた。

カーテンの隙間から見えた夜空は、妖気で不気味に霞んでいた。

(あんなになってたんだ……)

忍は、身震いした。

さっきまで、忍は香司に抱《だ》き枕《まくら》代わりにされて眠っていた。

しかし、強い妖気が恋人たちを起こした。

香司は忍に服を着るように言い、自分も起きだして敵の襲撃に備えはじめたのだ。

忍が気づいていないだけで、諏訪の最初の夜から、香司はこの日があることを予期し、準備を重ねてきた。

「従業員やホテルの客たちのガードは、どうなっている?」

横山のほうを見て、香司がきびきびした口調で尋ねる。

「支配人に連絡し、すべての出入り口に呪符を貼《は》り、宿泊客のいる部屋には防御措置を施しました。勝手ながら、御剣家にも連絡させていただきました。現在、あちらからの要請を受けた近隣の術者たちがホテルにむかっております」

「それでいい」

低い声で言い、香司は忍の顔を見下ろした。

「怖いか?」

「ううん……。大丈夫だけど。香司、戦えるのか?」

忍は、恋人の青ざめた横顔を見つめた。

熱は下がったが、まだ身体は本調子ではない。

こんな状態で戦うのは無茶というものだろう。

「狙《ねら》いは、おそらく八握剣だ。ここで負ければ、あの男が闇の言霊主《ことだまぬし》になる。人の世は終わるだろう。なんとしてでも、阻止しなければならない」

冷静な声で、香司が答えた。

(まさか……香司、死ぬ気じゃ……)

不吉なことを思って、忍は身震いした。

そんなことをさせるわけにはいかない。

緊張したまま、一時間ほどが過ぎただろうか。

暗い窓の外で風が不気味な音をたてて鳴った。

「来るぞ」

忍に呪符を押しつけながら、香司が押し殺した声で言った。

「これ……？」

「持っていろ。大黒《だいこく》の呪符だ。妖の攻撃から身を護る効果があるから、多少は違うはずだ。何かあったら、俺にはかまわず逃げろ。鏡野継彦が生玉《いくたま》を必要とするかぎり、おまえを殺すことはないだろう」

「嫌だ。二度と、おまえの側を離れたりしない」

ほんの数日でも、精神的に香司から遠く離れ、つらい思いをさせてしまった。

忍は、そのことを深く悔いていた。

香司が一瞬、切なげな目になった。

忍の気持ちがわかったのだろう。

「バカだな、おまえは」

ささやくような声は、泣きたくなるほど優しかった。

忍がそれに何か答えようとした時、窓ガラスに何か重いものがぶつかるような音がした。

ピシッと呪符のまわりに浅い亀裂が走る。

「来た」

香司が忍を背後にかばうような位置に移動し、スーツの懐から呪符をとりだした。

二人の傍らに、すっと横山が立つ。

香司は窓のほうを見ながら、ゆっくりと両手で印を結びはじめる。

横山も低く呪文を唱え、呪符を放った。

呪符は空中で燃えあがり、黒猫の式神に変わる。

再び、窓に何かがぶつかる音がした。

黴《かび》のような臭《にお》いと、生臭い臭いが流れこんでくる。

ふいに、闇のむこうから青白く光る手がのびてきて、窓ガラスを叩いた。

忍は、びくっとして後ずさった。

「なんだ……あれ……?」

「鏡野継彦に味方する妖たちです。どうぞ、お気をつけて」

低い声で、横山が言う。

「あ……ああ……」

(オレにできること、なんかねえのか？　怖がってるだけじゃダメだ)

忍は香司に押しつけられた呪符をジーンズのポケットに押しこみ、部屋のなかを見まわし、武器になりそうなものを探した。

しかし、何もない。

(どうしよう。……優樹《ゆうき》なら、何使うかな)

暴力団組長の息子の気持ちになって、考えてみる。

(やっぱ、スタンド？　あれ、ふりまわすしかねえのかな)

ほかに武器になりそうなものはないような気がした。

だが、スタンドに手をのばすより先に、窓ガラスが不気味に湾曲しはじめた。

ピシピシピシッ……！

亀裂が広がっていく。

「横山、忍を護れ」

まっすぐ窓のほうを見たまま、香司が言う。

「はい。命に代えても」

横山の冷静な声が聞こえた。

次の瞬間、部屋のすべての窓ガラスがいっせいに砕け散った。

ガッシャーン！

天井のライトがパッと消える。

第四章　戦闘開始

ライトが消え、暗くなったスイートルームのなかで忍《しのぶ》は震えていた。

ガラスのなくなった広い窓から、凍えそうな風が吹きこんでくる。風には、粉雪が混じっていた。

リビングのあちこちで、青白い鬼火のようなものが燃えていた。

目の前に横山《よこやま》が立っているのが、シルエットでわかる。

(香司《こうじ》は……!?)

「稲荷符《いなりふ》、急々如律令《きゅうきゅうにょりつりょう》!」

ふいに、右手のほうから香司の声が響きわたった。

黄色い炎をあげて、呪符《じゅふ》が飛ぶ。

水性《すいしょう》の大蛇《おろち》に対抗する、土性《どしょう》の呪符である。

呪符は、まっすぐ割れた窓にむかっていく。

「無駄だ」

窓のあたりから、酷薄な声が聞こえた。

同時に呪符が弾《はじ》かれ、バチバチと火花を散らしながら床に落ちた。

そのまま黒い煙をあげ、燃え崩れていく。

クリーム色のカーテンが夜風を受け、大きく翻《ひるがえ》る。

(鏡野《かがみの》継彦《つぐひこ》……!)

忍の震えが、いっそう激しくなる。

「来たか」

香司が腰を落として、身構える。

なんの気配もなく、銀髪の男がすっと香司の前に立った。

香司もまた、流れるような動作で間合いをとった。

「手間をとらせてくれたな。あんな形代《かたしろ》で、この私をだませるとでも思ったか。さあ、八《や》握《つかの》剣《つるぎ》を渡してもらおうか」

「断る」

香司の手のなかに、すっと和紙の包み——印香《いんこう》が現れた。

「そんなもので、この私が倒せると思うか！　バカが！」

継彦の手のひらから、強烈な妖気《ようき》の固まりが飛ぶ。

香司は、とっさに床に転がって避《よ》けた。

妖気の固まりがあたったのか、後ろのほうで何かが壊れる音がした。

横山は、継彦の後から入りこんできた猿の化け物のような妖《あやかし》と戦っている。

妖の背丈は二メートルほどあるだろうか。赤い目がギラギラしていた。

さっき、窓を叩《たた》いていたのはこの妖だろう。

香司はすっと立ちあがり、身構えた。

「稲荷香、急々如律令!」

叫びとともに、印香が黄色い炎をあげながら床に落ちた。

そのまま、炎は大きくなり、黄色い狐《きつね》に変わる。

香司の式神《しきがみ》の一つ、土性の稲荷だ。

「無駄だと言ったはずだ。たとえ土性の式神でも、今のこの私を倒すことはできぬ」

勝ち誇ったように、継彦が言う。

その全身から立ち上る妖気は、たしかに今まで以上に強い。

「ただの土性ならば、そうだろうな」

香司は、平然とした調子で言い返した。

「だが、今夜、俺が使っているのは御剣《みつるぎ》家の秘香『黄幡《おうばん》』。土性のなかでも、もっとも強い土性の香だ。弱い水性の妖なら、呪符に触れただけで消滅するだろう」

「黄幡だと……?　あれはもとは妖の世界から伝わった、一握りあるかないかの貴重な香だ。勘当《かんどう》されたおまえに、持ち出せるはずがない」

継彦は、薄い唇の端に皮肉めいた笑みを浮かべた。

「残念ながら、本物だ」

「ええい！　はったりを！」

「はったりかどうか、その身体《からだ》で試すがいい！」

稲荷は豪華な応接テーブルと布張りのソファーを飛び越え、継彦に襲いかかっていく。

継彦は素早く、稲荷にむかって手のひらを差し出した。

「アビラウンケン！」

手のひらから、再び妖気の固まりが飛ぶ。

稲荷は妖気の固まりをひらりとかわし、継彦の喉笛《のどぶえ》にむかって牙《きば》を突き立てようとする。

――死ね、大蛇め！

「この……式神が！」

継彦は見事な動作で稲荷の牙をかわし、襲いかかる稲荷の喉を逆につかんだ。

そのまま、ぐっと握りつぶす。

稲荷は黄色い火花を散らし、消滅した。

そのとたん、継彦の右腕を黄色い稲妻《いなずま》のようなものが駆けあがった。

バチバチバチバチッ！

稲妻は、火花が変じたものだ。

継彦は悲鳴をあげ、腕をふりまわした。

稲妻はすぐに消えたが、妖の右腕は赤黒く焼《や》け爛《ただ》れていた。

（すげ……）

忍は、身震いした。

「黄幡の威力、思い知ったか」

少し青い顔で、香司が薄く笑う。

稲荷が消えた時にダメージを受けていたが、それ以上に継彦の痛手のほうが大きかった。

「おのれ！　小癪《こしゃく》な真似《まね》を！」

継彦は、怖《おそ》ろしい目で香司を睨みつけた。

そこには、明確な殺意がある。

「八握剣を狙《ねら》われていると知りながら、何も手だてを講じないほど、俺《おれ》は愚かか」

薄く笑って、香司はスーツの懐《ふところ》から、右手をすっと出した。その白い手のなかには五、六枚の呪符が握られている。

「黄幡をたきこめた呪符は、一枚だけじゃない」

その呪符がすべて命中すれば、おそらく継彦の命はない。

継彦が、じりっと後ずさる。

「弁天香《べんてんこう》！」

ふいに、香司が右手を一閃《いっせん》させた。

不思議な黒い炎をあげて、印香が飛ぶ。

鬼火のような光のなかで、黒い煙をあげて床に落ちる小さな和紙の包みが見えた。

黒い煙はそのまま凝り固まり、琵琶《びわ》を抱えた天女の姿に変わる。

香司の式神の一つ、弁財天《べんざいてん》だ。

青龍《せいりゆう》、朱雀《すざく》、稲荷、白虎《びやつこ》、玄武《げんぶ》の五神獣の式神が攻撃用なのに対し、こちらは敵の呪縛が主で、補助用として使われる。

「やれ、弁天」

香司の声に応《こた》えて、弁財天が琵琶をつま弾く。

美しい音色が響きわたったとたん、部屋の床に五芒星《ごぼうせい》の形の黄色い光がパーッと広がった。

光は、一瞬で継彦の足もとまで達する。

「何……!?」

黄色い五芒星のなかで、継彦の身体が呪縛され、動かなくなる。

忍は、香司の意思と継彦の意思が、目に見えない火花を散らして戦うのを感じた。霊力で縛《しば》ろうとする香司と、それを逃れようとする大蛇。

今のところは、香司が優勢だった。

「生玉《いくたま》と辺津鏡《へつかがみ》は、どこにある？」

冷ややかな声で、香司が尋ねた。

銀髪の大蛇は、すさまじい目で香司をねめつけた。

「教えるものか……！」

「どこかに隠したのか？　……いや、そうじゃないな。おまえの性格ならば、間違いなく自分で持ち歩いている」

継彦はふんと笑って、答えなかった。

香司は油断なく継彦を見据えたまま、後ろに立つ忍にむかって低く尋ねた。

「忍、生玉の気配は感じないか？」

「え……生玉……」

いきなり訊《き》かれて、忍は戸惑った。

(気配なんか……わかんねぇぞ。もうちょっと側行《そば》けばいいのかなあ。でも、近づくの怖いし……)

その時だった。

なんの前触れもなく、忍は背中をドンと突き飛ばされ、床に転がった。

「うわっ！」

「忍！」

香司がハッとしたように、忍を振り返る。

黒い影が倒れた忍の横を走りぬけ、香司に襲いかかっていく。

影は戸隠《とがくし》だった。抜き身の日本刀を持っている。

（やばい！）

「香司さま！」

横山が目の前の妖を倒し、とっさに呪符を放とうとした。

しかし、間に合わない。

戸隠が香司にむかって切りつけるのと、香司が動くのはほぼ同時だった。

香司は戸隠の腕を下から撥《は》ねあげ、反対側の手で黄幡の呪符を黒いコートの胸に叩きつける。

「ぎゃあああああああーっ！」

悲鳴をあげ、戸隠はガラスのなくなった窓から飛びだしていった。

香司の視線が、戸隠を追いかける。

その一瞬の隙《すき》を見逃す継彦ではなかった。

「バカめが」

ビシュッ！

大蛇の腕のひとふりで黄色い五芒星が引き裂かれ、消滅する。弁財天もまた消えた。

継彦は、「してやったり」と言いたげな目をしている。

どうやら、戸隠の攻撃で香司に隙ができることを最初から予想し、機会をうかがっていたらしい。

「くっ……！」

術を返された形になって、香司はよろめき、胸を鷲《わし》づかみにした。

まるで力いっぱい胸を殴られたようで、呼吸するのも苦しそうだ。

端正な顔が、見る見るうちに青ざめていく。

（香司！）

忍は、とっさに駆けだした。

しかし、横山が忍の腕をつかみ、引き止める。

「いけません、忍さま」

（バカ野郎！　放せよ！）

忍は唇を噛みしめ、懸命にもがいた。

けれども、自由になることはできない。

「黄幡まで用意したのに残念だったな、御剣香司。たとえ、おまえがどれほどの術を使おうとも、肉体の消耗には勝てぬ。一度、気持ちがそれれば、そこで勝敗は決する」

銀髪の大蛇は、勝ち誇った表情で言った。

香司がゆっくりと背をのばした。

まだ呼吸は苦しいだろうに、それは顔には出さない。

「そうかな……」

窓から吹きこむ風が、香司の漆黒の髪を揺らしている。

いつの間にか、粉雪が床のそこここに白く積もっていた。

忍は、肌がピリピリ痛むのを感じた。

それほど、継彦の放つ妖気が強いのだ。

水気《すいき》の妖にとって、水気の支配する冬はまさにその妖力が極限まで高まる季節である。

同質の気が重なることで勢いが盛んになることを、比和《ひわ》という。

水気は水気と重なることで、いっそうその働きを強めていたのだ。

しかし、忍はそれを知らない。

（なんで……こんなに……）

香司が、懐から木の鞘《さや》に入った小刀をとりだした。

八握剣の小刀だ。

「俺は、八握剣の継承者だ。正当な権利なしに辺津鏡と生玉を手にしたおまえなど、逆立ちしても勝てるはずがない」

これほど消耗しているにもかかわらず、香司の瞳《ひとみ》のなかに怯《おび》えや弱気の色はない。

その傲慢《ごうまん》なまでの自信。

「そうかな?」

さっきの香司と同じ言葉を、継彦がくりかえす。

何か違和感を覚え、忍は眉《まゆ》をひそめた。

香司の自信はわかる。

だが、継彦の自信の根拠はなんだろう。

(はったりってわけじゃねえだろうし……)

ひどく嫌な予感がした。

継彦は傲然と香司を見据え、素早く印《いん》を結んだ。

「アビラウンケン!」

呪文が響きわたったとたん、部屋のなかに積もっていた粉雪が一気に空中に舞いあがった。

(え……!?)

粉雪はそのまま大蛇の形になり、まっすぐ香司に襲いかかっていった。

雪嵐《ゆきあらし》のような激しい風が吹き荒れ、サイドボードの上の液晶テレビが落ち、クッションが飛び、ティーカップが床にあたって粉々になる。

クリーム色のカーテンも、今にもちぎれそうに大きくはためいている。

(何、これ⁉ 風……強っ……！)

「バカが。雪も水性だ。気づかなかった己の愚かさを悔やんで死ね！」

継彦の哄笑《こうしょう》が響きわたる。

「しまった！ 香司さま！」

横山がめずらしく顔色を変え、雪嵐のなかを駆けだした。

雪の大蛇に跳ね飛ばされ、床に転がりながら、香司が必死に叫ぶ。

「来るな、横山！ 忍を護《まも》れ！」

雪の大蛇は不気味に鎌首《かまくび》をもたげ、香司にむかって猛烈な吹雪《ふぶき》を吐いた。

「うわあああああああああーっ！」

「香司！」

息もできないような風のなか、忍も懸命に前に出ようとした。

両耳が冷えきって、ちぎれそうに痛い。指先にも感覚がなかった。

その時、何か茶色っぽいものが横を駆けぬけた。

(え？)

茶色いものは香木猫《こうぼくねこ》だった。

走りながら、見る見るうちに巨大化し、山猫のような姿に変わっていく。

継彦が香木猫を見、ハッとしたような顔になった。

「何ぃ……!?」

ガアアアアアアアーッ！

巨大化した香木猫は威嚇するような吠《ほ》え声《ごえ》をあげ、吹き荒れる風をものともせず、雪の大蛇に飛びかかっていった。

雪嵐のなかで、香木猫と雪の大蛇が戦う気配がある。

フシャーッと威嚇するような声とともに、ものが転がる音や家具の壊れる音がする。

黴《かび》の臭《にお》いと、何か香木が焦げるようないい匂《にお》いが風のなかで入り交じった。

香木のような匂いは、興奮した香木猫の体臭だろうか。

ふいに、猛吹雪が止《や》んだ。

見ると、香木猫がぐったりした雪の大蛇を床に押さえつけていた。

雪の大蛇は、もう戦うことはできないようだった。

（すげえ……香太郎《こうたろう》）

香太郎は継彦を睨みあげ、フーッと背中の毛を逆立てる。

「この……猫が！」

継彦は歯噛みして、香太郎に、すっと手のひらをむけた。

大蛇の手のひらに、不気味な妖気が集まりはじめる。

その時、香木猫が何かを聞きつけたように耳をピクッと動かした。

ほぼ同時に、継彦も窓のほうに視線をむける。

(え？　なんだ？)

忍には、何がなんだかわからない。

継彦が、舌打ちしたようだった。

「その猫に救われたな、御剣香司！　だが、次はこうはいかんぞ！」

銀髪の大蛇は素早く走りだし、窓の外に身を躍らせた。

(ええっ⁉　ここ五階……！)

香司と横山が窓際《まどぎわ》まで追いかけ、下を見て、首を横にふる。

忍は呆然《ぼうぜん》として、香司たちに近づいていった。

(まさか、死んで……。いや、そんなわけないか)

「どうなったんだ？」

「逃げた」

ボソリと香司が言う。

「逃げたのか……？　なんで？」

忍が首をかしげた瞬間だった。

風のなかから羽音がして、七、八人の山伏装束の男たちが現れた。

（え…!?　山伏…？）

先頭に立っていたのは、人間でいうなら八十歳くらいの老人だった。見るからに好々爺《こうこうや》といった雰囲気だ。

小柄な身体で、身長より長い金色の錫杖《しゃくじょう》を持っている。

下田《しもだ》の天狗《てんぐ》の統領、飛天坊《ひてんぼう》である。

仲間の男たちも大きな鼻はついていないが、やはり天狗だ。

ちょうど一年ほど前の下田の事件で、忍は天狗の国――大峰国《おおみねこく》に連れていかれ、そこで飛天坊に会ったのだ。

事件の後、飛天坊は「迷惑をかけたおわびに」と香木猫と怪しげな安産のお守り――子《こ》安貝《やすがい》をくれた。

おかげで、しばらく、忍は香司と肌をあわせたら、男でも妊娠してしまうのではないかと思いこみ、怯えていた。

飛天坊の隣にいるのは、二十五、六の美青年である。月代《さかやき》を剃《そ》っていない総髪で、頭巾《ずきん》をかぶっている。

髪は真っ黒で、肌は雪のように白い。きりりとした眉とすっと通った鼻が、昔の映画俳優のように見える。
育ちはよさそうだが、いかにも怖い物知らずの暴れん坊といった感じだ。
この青年は、飛天坊の孫で天狼《てんろう》という。
かつて、忍を女と間違え、プロポーズしてきた過去がある。
忍がきっぱり断ったため、あきらめたようだが。
「飛天坊のじーちゃん！　天狼さん！」
思わず、忍は声をあげた。
どうやら、継彦が逃げたのは天狗たちの気配を察知したせいだったらしい。
(よかった……。助けにきてくれたんだ)
「久しぶりじゃのう」
飛天坊が忍と香司にむかって、ニコリと笑ってみせる。
天狼も忍を見、ホッとしたような表情になった。
「無事であったか」
ほぼ同時に、雪の大蛇がパッと砕けて消滅する。
香木猫はたった今まで雪の大蛇がいた場所を踏みつけ、ふんふんと匂いを嗅《か》いでいる。
忍はガラスのなくなった窓を見、吹きこんでくる強い風に目を細めた。
夜明けまでにはまだ数時間、間があった。

あのまま、自分たちだけで戦っていたら、勝ち目はなかったかもしれない。

「香司殿も怪我《けが》はないか？」

「ああ……。なんとかな。コータがいなかったら、危なかった……。それに、おまえたちが来てくれなかったら、確実にやられていた。感謝する」

手のなかの八握剣の小刀を見下ろし、香司は青い顔で答えた。

「なんの。若宮《わかみや》さまが、世話になったからな」

天狼は、当然のことをしたと言いたげな口調で言う。

若宮というのは、去年の冬の事件の時、香司が下田で出会った妖の老婆だ。

若宮は、海のお方さまと呼ばれる姫神のお付きだった。

海と山の妖が参加する祭りの準備のため、天狗の国――大峰国へ行く途中で、人間の世界の横断歩道を渡れずに困っていたところを香司が助けたのである。

「若宮さまか……。お元気か？」

「息災だぞ」

「そうか……」

一年前のことを思い出したのか、香司はどことなく懐《なつ》かしげな目になった。

天狗たちは、めずらしそうにスイートルームのなかを見まわしていた。

巨大化した香木猫は床に座りこみ、後脚で耳の後ろを掻《か》いている。

パッパッと大量の猫毛が飛び散った。

「香太郎の奴《やつ》、なんで、こんなに大きくなっちまったんだろう」

その様子をながめながら、忍は呟《つぶや》いた。

「成猫になったのだ」

後ろから、天狼の声がした。

忍は振り返り、天狼の男性的な顔を見上げた。

「せいねこって……?」

「大人になったのだ。これからは気がむけば、一緒に戦ってくれるかもしれんぞ」

(気がむけば……かよ)

大きくなっても、猫は猫ということだろう。

忍は、ため息をついた。

天狼が香太郎に近づき、雪のように白い手を頭の上にかざす。

「もうよいぞ。小さくなれ」

香太郎は、落ち着かなげに前脚を舐《な》めた。

ふいに、その身体がしゅーっと縮んで、普通の猫の大きさになる。もう子猫サイズではない。

(小さくなるんだ。よかった)

あのままの大きさだったら、部屋飼いは難しいところだった。

「成猫になるとな、むふふなほうもパワーアップするのじゃ。可愛《かわい》がって、大事にせいよ」

天狼の側で、飛天坊がニヤリとした。

こちらは、相変わらずだ。

(むふふってなんだよ？　……っていうか、まさか、今度こそ妊娠しちまうんじゃねえだろうな)

忍は、眉根をよせた。

香司もなんとなく嫌そうな顔をしている。

「おじじさま、戯《ざ》れ言《ごと》をおっしゃっている場合ではありませんぞ」

天狼が、やんわりと祖父をたしなめる。

飛天坊は、ホッホッホッと笑っている。

スイートルームの空気は、だいぶ和らいできた。

「あの……天狼さんたちは、どうしてこんなところにいらしたんですか？」

天狗たちを見まわし、忍は尋ねた。

「加勢にきたのだ。夜の世界の三種《さんしゅ》の神器《じんぎ》は、それぞれの家にあるべきだ。闇《やみ》の言霊主《ことだまぬし》が統《す》べる世など、勘弁願いたい」

天狼は、香太郎を抱きあげながら穏やかに答える。

香太郎は尻尾《しっぽ》をパタンパタンと動かし、「知らない男の腕は気に入らん」という露骨な態度をとっている。

「ありがとうございます。ホントに助かりました」

忍は天狼の腕から不満げな香太郎を抱き取り、微笑《ほほえ》んだ。

子猫の時より体重は増えているが、想像したほど重くはない。

「天狼はの、忍殿会いたさに来たのじゃ」

飛天坊がニヤニヤしながら言う。

「おじじさま」

孫に睨まれて、飛天坊は素知らぬ顔になった。

香司は苦笑したが、何も言わない。

香太郎は忍の腕に前脚をかけ、金色の目で部屋いっぱいの天狗たちをながめている。

＊　　＊

朝の光が、諏訪大社《すわたいしゃ》の上社本宮《かみしゃほんみや》を照らしだしていた。

社《やしろ》があるのは、守屋山《もりやさん》の中腹だ。

眼下に諏訪の街が見える。

一・五キロほど東に、諏訪大社上社前宮《まえみや》があった。諏訪明神《みょうじん》が最初に鎮座したと伝えられる諏訪信仰発祥の地だ。

歳月を感じさせる上社本宮の石の鳥居は、木立に埋もれるようにして立っている。

社の建物や境内《けいだい》の石畳も古びていた。

社の隅には、白っぽい御柱《おんばしら》が高くそびえたっている。

夜が明けると同時に、忍たちはホテルを出て、この諏訪大社上社本宮にやってきたのだ。

飛天坊が「鏡野継彦は、また八握剣を狙って襲ってくる。安全な場所に移動して護りを固めるべきだ」と言ったからだ。

香司は、諏訪明神に八握剣の保護をもとめた。

諏訪明神は社を継彦との戦場にしないという条件で、諏訪湖対岸の上社本宮に香司たちを受け入れた。

宮司《ぐうじ》たちも事情を聞き、協力を申し出てきた。

天狗たちは上社本宮のなかには入らず、社の手前に陣を張り、そこで継彦を迎え撃つという。

下田の天狗の国からも、さらに数十名の応援が駆けつけてきている。

社の周囲には、ものものしい空気が漂いはじめていた。

若干一名、春風のような男もふらふらしているのだが。

三郎《さぶろう》だ。

「やあ、大変だね。私に手伝えることがあったら、言ってくれないか」

話しかけられた天狗が、慌てて首を横にふった。

この風神《ふうじん》が悪戯者《いたずらもの》だという評判は、もちろん、天狗たちの耳にも届いている。

「そう。……何かお手伝いしたいいんだけどね」

あたりをぐるりと見まわすと、いっせいに天狗たちが視線をそらした。

三郎はそのうち、つまらなくなったのか、社を出て、どこかへ歩いていってしまった。

天狗たちのあいだに、あきらかにホッとした空気が流れる。

そんな天狗たちの傍《かたわ》らを、忍と天狼が並んで歩いていた。

二人は香司が社務所で宮司たちと話しあっているあいだ、外を散歩していたのだ。

「元気でやっていたか?」

「はい」

「下田に来ることがあったら、遠慮なく声をかけるのだぞ」

「ありがとうございます。……天狼さん、諏訪まで遠かったんじゃないですか?」

「いや、飛んできたから、さほど時間はかかっておらぬ」

なんとなく、核心を避けるように無難な会話がつづいていた。

天狼は落ち着かなげに足もとを見、空を見、首筋を掻いた。

それから、思いきったように尋ねてくる。

「幸せか？」

忍は頭一つぶん上にある天狗の顔を見上げ、微笑んで小さくうなずいた。

その仕草で、やわらかな栗色《くりいろ》の髪が揺れる。

「はい」

答えは短かったが、万感の想《おも》いがこめられている。

「幸せなら、いい」

ボソリと呟《つぶや》いて、天狼は忍の顔をじっと見下ろした。

切ないような表情が、ふっと天狼の白い顔をよぎる。

「一年のあいだに、ずいぶん成長したようだな。おまえの霊気は、前よりも優しくなった。もし、御剣とうまくいっていなければ、俺が大峰国へ連れていこうと思っていたが
……」

どうやら、まだ未練が残っていたらしい。

「ご心配をおかけして、すみません。いろいろありましたけど、そのぶん、絆《きずな》は強くなったと思います。オ……私は香司さんを信じていますし、香司さんも何があっても私を信じ

てくれていますから」

「そうか。それはよかった」

穏やかに答えて、天狼は冷たく冴《さ》えわたった冬の空を見上げた。

そのまま、何かをこらえるように、しばらく上をむいている。

少し離れたところで、配下の天狗たちが「ふられた?」「ふられたんじゃね?」などとコソコソ言っている。

しかし、その声は忍たちの耳には届かなかった。

＊　　＊

「明日の早朝、御神渡《おみわたり》が予定されていたようですよ」

横山が報告している。

社務所のなかに用意された一室である。

「おみわたり?　味噌汁《みそしる》のことか?」

朝食のお膳《ぜん》をつつきながら、忍は首をかしげた。

お膳には宮司の心づかいで、だし巻き卵やワカサギの天麩羅《てんぷら》、鮪《まぐろ》の刺身など、豪華なおかずが並んでいる。

「それは、おみおつけだろう」

ため息をついて、香司が呟いた。

忍は、眉根をよせた。

「じゃあ、おみわたりって、どんな食い物だよ？」

「食い物じゃない。冬の早朝、諏訪湖の氷に亀裂《きれつ》が入る現象だ。諏訪明神が対岸の女の神さまに会いに行った跡だと言われている。諏訪大社の神事にもなっているぞ」

「へー……そうなんだ。で、明日、その女の神さまに会いに行く予定だったのか？」

言われてみれば、テレビのニュースで御神渡らしき映像を見たことがある。

たしか、亀裂の部分がギザギザになって盛り上がった状態が湖を横断するようにつづいていた。

場所によって十センチくらいの盛り上がりだったり、氷の板が積み重なって五十センチくらい盛り上がっているところもあった。

「そうらしいが、この戦いだからな。のんびり神事をやっているどころではないかもしれん。こちらとしても、邪魔することになって申し訳ないんだが……」

香司はもう一度、ため息をついて、味噌汁を口に運んだ。

「じゃあ、こんなふうに神社に入れてもらったり、参道のほうでバトルの準備するのって、まずくねえ？」

忍も、少し心配になってきた。

「諏訪明神は、かまわないと言っていた。自然現象だから、日程が決まっていることではないと」

「そっか……」

温かな味噌汁を喉に流しこみながら、忍は窓の外に視線をむけた。

葉の落ちた桜の木が見える。

呪《のろ》いを解く方法を探す旅のはずが、とんでもないことになってしまった。

（オレたち、東京に帰れるんだろうか）

もし、香司が負ければ、八握剣は奪われ、この国は継彦の支配する闇の帝国に変わるだろう。

（勝たなきゃ）

だが、忍にできることはあまりにも少ない。

香司が、そんな忍をじっと見つめている。

何があっても、忍だけは護りぬかなければいけないと考えている瞳だった。

忍がいるから、香司は戦えるのだ。

そして、忍以外の全員が、おそらくそのことを知っていた。

陽《ひ》が落ちるとともに、古色蒼然《こしょくそうぜん》とした上社本宮の境内に篝火《かがりび》が点《とも》された。

黒いスーツ姿の香司は鳥居の下に立ち、急な坂道の参道を見下ろしていた。

その隣に、忍がいる。こちらは、白いズボンに若草色のピーコートという格好だ。ピーコートのなかには、白地にラベンダーと若草色のボーダーの入ったタートルネックのセーターを着ている。

横山は篝火の側に、香太郎と飛天坊、それに天狼は鳥居の外側にいた。

天狗たちは参道のずっと先のほうに陣を張り、継彦たちの襲撃を待っていた。

一郎《いちろう》と三郎の姿はない。

だが、社の奥でこの戦いを見守っているに違いない。

少なくとも、一郎は。

参道の先には中央自動車道があり、そのまわりには住宅地が点在している。

家々の窓にも、灯《ひ》が点っていた。

粉雪混じりの風に妖気が混じった。

「来ますね」

＊　　＊

横山が呟く。

香司は無表情のまま、八握剣の小刀を握りしめた。

鉛色の雲が速く流れていく。

切れ切れの雲の隙間から、時おり満月の光が漏れてくる。

やがて、天狗たちの陣のほうが騒がしくなってきた。

夜空に幾筋もの怪しい光が立ち上り、光の柱のあいだを無数の黒っぽい影が飛びまわっている。

影は、天狗たちだろうか。

どうやら、戦いが始まったようだ。

忍は、参道の下のほうから肌を刺すような妖気が押し寄せてくるのを感じた。

どこかで、犬が不安げに遠吠えしはじめた。

つづいて、別の犬が吠えだした。

しかし、妖気が強まるにつれて、どの犬も怯えたように黙りこんでしまう。

街の灯が、端のほうから消えはじめた。

何か暗いものが、波のように押しよせてくる。

ふいに、烏天狗《からすてんぐ》がカアカア鳴きながら鳥居のむこう側に現れた。

「申し訳ありませぬ、飛天坊さま！　突破されました！　カア！」

烏天狗はボロボロで、翼から血を流している。

「突破されたとな」

飛天坊が、烏天狗をじっと見る。

(もう……突破されたのか)

忍は、息を呑《の》んだ。

天狗たちの一団はかなり強そうに見えたのだが、継彦と戸隠にはかなわないのか。

「敵はとんでもなく強いです！　太郎坊さまが負傷されました。現在は次郎坊《じろうぼう》さまが指揮しておりますが、敗色は濃厚です！　カア！」

それだけ言うと、烏天狗は仲間たちのところに戻っていこうとする。

だが、参道の途中で力尽きたようにパタリと地面に落ちた。

羽をバタバタさせているが、起きあがることはできないようだ。

すかさず、香太郎が飛びだしていって、烏天狗をくわえた。

「何をする！　カア！　やめろ！　わしはおまえの餌《えさ》ではないぞ！　カア！」

烏天狗は、必死に小さな錫杖で香木猫を叩く。

しかし、香太郎はかまわず、烏天狗をくわえて鳥居の横に戻り、もがく身体を押さえつけてザリザリ舐めはじめた。

手当てをしているつもりだろう。

（あーあ……）

烏天狗の悲鳴を聞きながら、忍はため息をついた。

飛天坊も「やれやれ」と言いたげな顔で香木猫に近づいていき、気の毒な烏天狗を助けだした。

その時、香司と横山が参道のほうに視線を走らせた。

ほぼ同時に、天狗たちも緊張したような様子になった。

（え？）

うっすらと雪の積もった参道のむこうから、妖気をまとった人影が近づいてくる。

一人は銀髪の大蛇、もう一人は黒ずくめの軍師だ。大蛇たちの後ろには、濡《ぬ》れた石棺を担《かつ》いだ黒い影が立っている。

影は煙が凝り固まったようで、表情はまったく読みとれない。

石棺の後にはさらにもう一つ、時代劇に出てきそうな樽桶《たるおけ》がやはり黒い影たちに担がれていた。

樽桶のなかには、普通ならば座禅の形で死体がおさめられているはずだ。

（来た……！）

忍の全身が総毛立つ。

「安心しろ。鳥居のこちら側にいるかぎり、安全だ。境内のなかにいれば、諏訪明神の加護がある。妖は鳥居を越えて、入ってこられない」

小声で、香司がささやく。

「うん……」

（でも、ずっとここに隠れてるわけにはいかねえぞ？　どうするつもりだ？）

朝がくるまで、じっと耐えるつもりだろうか。

近づいてくる継彦と戸隠の身体から、ゆらゆらと瘴気《しょうき》が陽炎《かげろう》のように立ち上っている。

継彦のダークスーツは染《し》み一つなかったが、戸隠の黒いコートはぐっしょりと血で濡れていた。

戸隠の血ではなく、屠《ほふ》ってきた天狗たちの返り血だろう。

「あれしきの攻撃で、我らを止めることができると思ったか」

継彦が鳥居の手前で足を止め、薄く笑った。

入ってこられないとわかっていても、忍は恐怖を感じた。

継彦の目が怖い。

そこには、人間が怖れつづけてきた太古の闇が封じこめられている。

しかし、香司は怖れげもなく継彦を見返していた。

「何度来ようとも、八握剣は渡さん」

「今度は、その猫では歯が立たんぞ」

継彦が薄く笑い、片手を軽くあげた。
黒い影たちが継彦の前に、樽桶をそっと置く。
「見るがいい」
影たちが触れもしないのに、樽桶の蓋《ふた》が開いた。
そのなかから現れたのは、二匹のイタチだった。
どちらも、目が虚《うつ》ろだ。
(フェレット？　ちょっと違うか……。なんだよ、あれ？)
忍には、それがイタチだとはわからない。
「カマイタチか」
ボソリと香司が呟いた。
「そのとおりだ」
継彦が、パチンと指を鳴らす。
イタチたちは、白衣を着た青年と灰色のスーツ姿の青年に変わった。
白衣のほうが賢三《けんぞう》だ。
もう一人は神経質そうな顔で、眼鏡《めがね》をかけている。
どちらも表情がなく、何かに操られているように身体がゆらゆらしていた。
(うわ……！　化けた……。ホントにカマイタチだったんだ)

忍は、息を呑んだ。

「このカマイタチたちの命が惜しければ、出てこい、御剣香司」

勝ち誇ったように、継彦が言う。

「卑怯《ひきょう》だとは言わん。大蛇が卑怯なのはあたりまえだ。だが、闇の言霊主になろうという男のやることとは思えんな」

冷ややかな声で、香司が答える。

「なんとでも言え！　一人で出てこい。さもないと、カマイタチの首を落とすぞ」

継彦は、すっと右手を横にあげた。

その手のなかに、不気味な妖気が集まっていく。

香司は、肩をすくめた。「しかたがない」と言いたげな動作だった。

(行く気か？)

目で尋ねると、香司は目だけで「行く」と答えてきた。

諏訪明神の加護を願い出ている以上、カマイタチたちを見殺しにするという非道な選択肢は最初からない。

途中で、継彦に寝返ったとはいえ、太一《たいち》との「弟たちを助ける」という約束も消えたわけではない。

それは、忍にもよくわかっていた。

わかっていたが、不安でたまらない。

(香司……)

「やめたほうがいい。罠《わな》だ」

天狼が厳しい声で言う。

孫の横で、飛天坊もうなずいている。

「罠を警戒してカマイタチを見殺しにすれば、御剣の名は地に落ちる。……勘当された家だからどうでもいいと言えば、それまでだが」

香司の唇に、かすかな笑みが浮かんだ。

「ここまで育ててもらった恩はあるな。いたらない後継者だが」

「しかし……あの石棺、気にならぬか?」

眉根をよせて、天狼がささやく。

「水気《みずけ》の多いものが入っているようだな。……水性のものが相手ならば、こちらには黄幡がまだある」

不敵な表情で、香司が答える。

「……わかった。武運を祈る」

低い声で、天狼が言った。

「ありがとう。そちらも武運を」

人間と天狗の若者は見つめあい、うなずきあった。

(気をつけて……香司)

想いをこめて見つめると、香司は忍の視線に気づいたのか、瞳だけで微笑んだ。

それから、黒髪の少年はまっすぐ背をのばして石の鳥居の外に歩きだした。

黒いスーツの裾《すそ》が、粉雪混じりの風にふわっと膨らむ。

鳥居の上には、昨夜《ゆうべ》からの雪がこんもりと白く積もっていた。

＊　　＊

同じ頃《ころ》、やはり冬景色のなかに鏡野綾人《あやと》がひっそりと立っていた。

どのくらいそうしていたのだろう。

チャコールグレーのコートの肩に、うっすらと雪が積もっていた。

諏訪大社上社の本宮と前宮を抱く、標高千六百五十メートルの守屋山の山頂だ。

「綾人さま、叔父上《おじうえ》さまが上社本宮にたどりつきましたぞ」

円山忠直《まるやまただなお》が、綾人の後ろから言う。

「そう。香司君たちは大丈夫かな?」

綾人は、ゆっくりと夜空を振り仰いだ。

その仕草で、茶色の髪からはらはらと粉雪が舞い落ちた。

鉛色の雪雲と雪雲の切れ間から、白い満月がのぞいている。

心なしか、鏡野一族の当主は元気がない。

かなうものならば、今すぐにでも忍たちを助けに駆けつけたいところだろうに。

しかし、行ったところで、忍に助力を断られるのは目に見えている。

陰ながら護ろうとは思っていたが、さすがの綾人も今日ばかりは足が動かなかった。

「お二人とも、諏訪大社のなかでご無事です」

「それはよかった」

少しホッとしたような口調で、綾人は呟いた。

だが、漆黒の瞳には不安の色があった。

綾人は、御剣家を飛びだした今、香司には勝ち目がほとんどないことを知っていた。

いくら香司が個人として優秀な術者であったとしても、人間一人の知恵や体力には限度がある。

バックアップについてくれる横山や天狗たちはいるが、それでもまだ不足だろう。

水が岩をうがつように、継彦が執拗《しつよう》に攻撃をつづければ、いずれは破滅がやってくる。

「放《ほう》っておいても、よろしいのですか？　このままでは、叔父上さまが闇の言霊主に……」

「わかっているよ、じい」

ボソリと答え、綾人は肩に積もった雪を払い、暗い道を歩きだした。

後ろから、円山忠直もついていこうとする。

その時、木々のあいだから書生姿の青年がひょっこりと現れた。

銀ぶちの丸眼鏡をかけて、長い黒髪を首の後ろで結んでいる。

変わり者の風の神、三郎だ。

「やあ、綾人」

風の神は軽く手をあげ、ニコニコ笑った。

綾人は眉根をよせて、三郎をじっと見た。

「こんなところにいてもいいのかな、諏訪明神の弟君。諏訪大社が大変なことになっているはずだが」

「ぼくは戦いに手出しできないからね。手出しできる妖のところに来たんだよ」

笑顔で、三郎が答える。

綾人は、三郎の言葉を聞かなかったふりをした。それよりも、知りたかったことを尋ねる。

「諏訪大社はどうなっている？　叔父の攻撃は？」

「君の叔父上はカマイタチを人質にとって、香司君に鳥居から出てこいと言っているよ。

カマイタチ以外にも、おかしな石棺を持ち歩いているね。……私は、あれと同じものをだいぶ昔に見た気がするんだけれど」

「でも、忘れたんだろう？」

「失礼だな。たしか、人間たちが諏訪湖に沈めていたんだ。ええと……江戸《えど》幕府ができる前の話だよ」

「へえ……。おまえにしては、上出来じゃないか。で、中身は？」

「知らないよ」

あっさりと、三郎は答える。

「まあ、そうだろうな」

苦笑して、綾人は歩きだした。

三郎と円山忠直もついてくる。

やがて大蛇たちと風の神は、諏訪湖を見下ろす守屋山の崖《がけ》の上で足を止めた。

眼下に広がる湖は、一面、銀色に凍りついていた。

街の灯のむこうに黒っぽく見える広い部分が、諏訪大社上社本宮だ。

その横を北西から南東にむかって、中央自動車道がのびている。

中央自動車道は、南東の方向で中央本線の線路と交わる。

上社本宮の鳥居のあたりに、チラチラと篝火が揺れている。

本宮から下った参道の脇《わき》にも、いくつもの篝火が揺れている場所があった。

そこに、天狗たちが陣を構えているのだ。

粉雪混じりの風が、綾人の茶色の髪を吹き乱して通り過ぎる。

「前に高尾山《たかおさん》で話したことを覚えているかい、三郎」

「高尾山？　一年くらい前だね。たしか、忍君の涙のなかから生玉が現れた夜だ」

穏やかな声で、三郎が答える。

「おまえにしては上出来だ。よく覚えていたな」

綾人は、ふふ……と笑った。

忘れっぽい風の神は、苦笑してみせる。

「君に関《かか》わることは、忘れないよ」

「それは、ありがとう。……あの時、おまえは言ったな。久々にこの国の闇を統べる三種の神器がそろったと。この先に何が待っているんだろうと」

静かな瞳で、綾人は諏訪湖を見下ろした。

綾人の茶色の髪を揺らして、冬の風が通り過ぎていく。

「ああ、言ったかもしれない」

「まもなく、戦端が開かれる。八握剣はこのままだったら、叔父の手に落ちるだろう。ぼくたちがしてきたことは、結局、めぐりめぐって、あの人を闇の言霊主にしてしまうことだったのかな」

　三郎は意外そうな目になって、小首をかしげた。

「弱気だなあ、綾人。どうしたんだい？　君らしくもない」

「三種の神器のうち、二つがあの人の手もとにそろっているんだ。危機感を覚えないほうが、どうかしている」

　不機嫌な表情で、綾人は呟いた。

　三郎相手に腹を立てても、詮《せん》ないことではあった。

　それは、綾人自身にもわかっていた。

　なにしろ、相手は規格外とはいえ、不死の神々の一人だ。

　地上の生き物たちの争いに、少しばかり鈍感になるのは仕方のないことだった。

　それでも、時には腹が立つ。

　とくに、今日のような日は。

　三郎はそんな綾人の横顔をじっと見て、ポツリと言った。

「まあ、最終的にはねちこい性格のほうが勝つんだろうね。君は淡泊すぎるんだよ。大蛇にしてはね」

「ねちこいのは嫌いだ。そんなのは、ぼくの流儀じゃない」

　綾人は三郎からプイと顔をそむけ、黒雲の流れる夜空をながめている。

長い沈黙がつづく。

やがて、三郎が小さな声で言った。

「綾人、これは戯れ言だと思って聞き流してくれてもいいけれど、さらって逃げるっていう選択肢もあったんじゃないかな。……いや、独り言だけどね」

どうやら、風の神は綾人と忍のあいだにあったことをうすうす察しているようだった。

「ああ、それも悪くないね」

綾人はかすかに笑って、湖のほうに視線をむけた。

「でも、その忠告は少し遅かったかもしれないな」

妖の形のよい唇が、笑みの形を作る。

青白い月の光が、その端正な横顔を照らしだしていた。

見上げる瞳の先には、冷たい冬の星が赤く輝いている。

*

*

諏訪湖の岸辺に、不思議な青い炎が点った。

青い炎はしだいに増え、湖を取り囲むように広がっていく。

湖のまわりで炎を点しているのは、信濃《しなの》一帯からはせ参じた妖狐《ようこ》たちだった。

炎と見えたのは、尻尾に点した狐火だ。頭には水晶の髑髏《どくろ》をのせている。

妖狐たちは御剣対鏡野の戦いと御神渡を前にして、盆と正月が一度にきたように興奮しているらしい。

湖の畔《ほとり》には、しだいに見物の妖たちも集まりはじめていた。

しかし、浮き立った空気と裏腹に、なんとなく妖たちは落ち着かなげだった。

雪雲の切れ間から、赤く輝く不気味な死星がのぞいているせいだ。

＊　　＊

諏訪大社上社本宮。

雪の積もった石の鳥居をくぐって、香司が社の外に出た。

鳥居のむこうでは、忍たちが不安を押し殺しながら、香司の背中を見送っている。

参道のこちらでは、継彦が満足げにその光景をながめていた。

「来たか。……石棺を下ろせ」

返事はなかったが、黒い影たちはゆっくりと石棺を継彦の前に置いた。

影の一人が、石棺の蓋に手をかける。

ゴトンと音をたてて、重そうな蓋は地面に落ちた。

同時に石棺のなかから、大量の煙とともに黴臭《かびくさ》い臭いが立ち上った。

（え……？）

鳥居のなかにいた忍は、ギョッとして煙を見上げた。

煙は、拡散せずに一ヵ所に集まっていく。

香司も警戒するような目で、足を止めた。

やがて、煙は凝り固まり、化け物のような軍馬にまたがった巨大な鎧武者《よろいむしゃ》の姿で実体化した。

身の丈は三階建てのビルほどもある。兜《かぶと》のなかには闇が詰まっており、その顔は見えなかった。

軍馬は真っ黒で、目だけが炎のように赤い。

忍は、呆然として軍馬と鎧武者を凝視した。

「なんだよ、あれ……!?　でかっ……！」

「九十九神《つくもがみ》ですね。ただの九十九神ではないようですが」

無表情に、横山が呟いた。

「九十九神!?　あれが!?」

忍は、身震いした。

とくに根拠はなかったが、九十九神というのはもっと小さいもののような気がしていた。

暗い空と月を背景にそびえたつ姿は、ゾッとするほど大きい。

継彦が勝ち誇ったように笑いながら、すっと手をあげた。

「行け、我が僕《しもべ》よ。御剣香司から八握剣を奪え」

——おおせのままに。

轟《とどろ》くような音をたて、馬上の鎧武者が黒い太刀《たち》を引きぬいた。

太刀だけでも、かなりの長さがある。

鎧武者の腕の長さもあわせたら、香司が圧倒的に不利になる。

(香司……)

祈るような思いで、忍は恋人の姿を見つめていた。

声をかけたいけれど、香司の必死の集中を断ち切ってしまいそうで、怖ろしくてできない。

香司が流れるような動作で、スーツの懐から呪符をとりだした。

「稲荷符、急々如律令!」

立ちこめる瘴気を祓《はら》うように、黄色い炎をあげて呪符が飛ぶ。

——ふぬう!　黄幡など効かぬ!

鎧武者が太刀を一閃する。

バチバチバチッ！
切り裂かれた呪符が黄色い火花をあげ、軍馬の足もとに落ちる。
ゴウッと音をたて、黴臭い風が忍たちの上を吹きぬけていく。太刀の巻き起こす風だ。
（すげえ……。なんて力だ）
忍は、身震いした。
香司はその場に膝《ひざ》をつき、激しい太刀風に耐えていた。
鎧武者が、香司にむかって太刀を振り下ろしてくる。
危ういところで、香司は横に避けた。
はらりと一筋、黒髪が地面に落ちた。
太刀がかすめたのだ。
（危ねえ）
軍馬が鎧武者を乗せたまま、香司にむかって突進してくる。
香司は呪符を放ち、軍馬の足を止めようとした。
しかし、軍馬は止まらない。
――死ねええええええーっ！
振り下ろされてくる太刀をかわし、香司は次々に呪符を放った。
戦ううちに、香司と鎧武者はしだいに諏訪大社上社本宮から離れていった。

鎧武者が、香司を湖のほうにおびきよせているのだ。

それにつれて、継彦たちも移動していく。

＊　　＊

諏訪大社上社本宮の鳥居の前に、大きな銅の水盤が持ちだされていた。

水盤のなかには水が満たされ、そこでチラチラ光が揺れている。

揺れる光のなかに、凍りついた諏訪湖の光景が映しだされていた。時おり、音も聞こえてくる。

(香司……)

忍は息をつめて、水盤を見つめている。

横山と天狼も傍らで、この光景を見守っていた。

香司が印香を放つと、鎧武者の前に弁財天が現れた。

弁財天が琵琶をつま弾くと、軍馬と鎧武者の真下に黄色い光の五芒星が現れる。

軍馬と鎧武者の動きが、止まった。

(やった……！)

香司が薄く笑う。

この夜、何度目かに香司の白い手から土性の呪符が飛ぶ。

呪符は空中で黄色い炎をあげ、鎧武者の胸に貼《は》りついた。

鎧武者はぎくしゃくした動きで胸の呪符を引き裂き、呪縛されて動けなくなった軍馬から飛び降りた。

地響きは聞こえなかったが、水鏡のなかで諏訪湖の氷に浅い亀裂が走るのが見えた。

忍は、不安げに氷を凝視した。

香司たちは湖の中央にいるため、岸まではかなりの距離がある。

(あそこで氷が割れたり……しないよな)

香司は、無表情に鎧武者を見上げた。

その唇がゆっくり動く。

「介蟲《かいちゅう》、水気の妖だ。臭いは朽《きゅう》、数は六、味は鹹《かん》、音は羽《う》。土剋水《どこくすい》の理《ことわり》によって、土気《どき》の前に正体を現す。……見切ったぞ。おまえは、鎧玉《よろいだま》だ。かつて、武田信玄《たけだしんげん》は己の死を三年間隠し、鎧兜をつけ、石棺に入れ、諏訪湖に沈めるように言い残して死んだ。おまえは、その信玄の鎧兜が湖底で九十九神と化したものだ。死せる信玄の力を我が物と錯覚したか。愚かな」

——黙れ、こわっぱ!

鎧武者は、ぶんと太刀を振り下ろしてきた。

香司は横に飛びすさり、素早くスーツの懐から八握剣《やつかのつるぎ》の小刀をとりだした。

小刀を鞘からぬき、左手で刀身を軽く撫《な》でる。

パッと黄色い炎があがった。

「伽羅《きやら》、羅国《らこく》、真那蛮《まなばん》、真那賀《まなか》、佐曾羅《さそら》、寸門多羅《すもんたら》！　急々如律令！」

早口に唱えると、小刀は眩《まぶ》しく光りだした。光のなかで、小刀が長くのび、菖蒲《しようぶ》の葉のような形の銀色の剣に変わってゆく。

「〈青海波《せいかいは》〉に土気の属性をつけた。水気のおまえは、土気の剣に剋される」

その時だった。

強い妖気が諏訪一帯を吹きぬけていった。

――そうはさせん。

継彦の暗い思念が、響きわたる。

（え？）

人が入れるほどの大きさの半透明の玉が、どこからともなく鎧武者の前にふわりと飛んできた。

玉のなかにいるのは、裕二《ゆうじ》と賢三だ。

どちらも、人形のように突っ立ったまま、驚いたり怯えたりする様子はない。

よく見ると、裕二は両手で半月形の金属を持っている。

鎌の刃のように見えるが、少し小さい。

どうやら、折られた鎌の破片のようだ。

「またしても人質を出してくるとは、卑怯な男だ」

天狼が、ギリッと唇を嚙みしめて呟いた。

「まさか……あいつらを殺されたくなかったら、八握剣を捨てろって……」

忍は、身震いした。

もし、そう言われたら、香司はどうするのだろう。

(カマイタチたちを助けるためには、しょうがないのか。……でも、八握剣を渡したら、鏡野継彦はその場で香司を殺すよな。どうしよう……。オレ、ここで見てるしかねえのか?)

その時、巨大な兜の奥で二つの目がカッと光った。

――来よ。

叩きつけるような思念に、忍はびくっとなった。

(何?　なんのつもりだ?)

鎧武者の思念に応えるように、妖たちを閉じこめた半透明の玉がふわーっと浮きあがった。

そのまま、鎧武者の口のなかに吸いこまれていく。

「ええっ⁉　ちょっと……なんだよ……⁉」

忍が息を呑んだ時、湖の岸辺から一つの人影が現れ、鎧武者にむかって懸命に走りはじめた。

カマイタチの長男、太一だった。

香司が呪縛し、安全な場所に捕らえていたはずだが、逃げだしてきたようだ。

太一は必死の形相で、鎧武者にむかっていく。

「やめろーっ！　弟たちを返せーっ！」

（太一さん……）

再び、鎧武者の目が妖《あや》しく光った。

――おまえも来るか。

太一の身体も空中に浮きあがり、あっという間に鎧武者のなかに吸いこまれて消えた。

香司が止める暇もなかった。

さらに、鎧武者の身体が青く光った。

霞《かすみ》のような青い光が、夜空に高く立ちのぼっていく。

（なんだ……あれ……？）

呑みこまれた妖たちは、いったいどうなってしまったのだろう。

水鏡を見下ろす横山が、厳しい表情になった。

「木気《もっき》が宿りましたね」

「え？　どういうことですか？」

忍は、まじまじと付き人の顔を見た。

「あの鎧武者は、今までは水性の九十九神でした。だから、土剋水で土性の稲荷のほうが強かったのです。しかし、木性《もくしょう》のカマイタチを吸いこんで、木気の妖に変わったのです。木気となると……木剋土で、稲荷のほうが弱くなります。いかに香司さまが強い霊力をお持ちでも、五行《ごぎょう》で劣っているのでは厳しいかもしれません」

天狼も腕組みして、黙りこんでいる。

その沈黙が、事態の深刻さを忍に教える。

（なんとか……ならねえのか）

「えっと……木気に対抗する力を八握剣につけて切るってのはダメですか？　えーと、木気より強いのは……」

「金気《ごんき》だ」

天狼が短く答える。

「じゃあ、金気の力をつけて戦えばいいんじゃ……」

「残念ですが、属性の重ねづけはできません」

無表情に、横山が言った。

忍は、まじまじと横山の顔を見つめた。

（じゃあ、香司、マジでやばいんじゃ……）

そう思った瞬間だった。

水鏡のむこうで、鎧武者の手のなかから青い半月形の光が飛びだしてくるのが見えた。

鎌のような形だ。

ザシュッ！　ザシュッ！　ザシュッ！

黒髪の少年は八握剣で、襲いかかる半月形の光を次々に切り裂いていった。

しかし、いつまでもそんな無茶がつづくものではない。

真正面からむかってきた半月形の光を八握剣で真っ二つに切り、香司は荒い息を吐きながら氷の上に片膝をついた。

その顔は真っ青で、八握剣を握る指が震えている。

もう限界だろう。

鎧武者が、勝ち誇った様子で半月形の光を放った。

ザシュッ！

（ダメだ！）

「香司！」

忍は、悲鳴をあげた。

かろうじて、香司は敵の攻撃をかわした。

だが、それは本当に紙一重のことだった。

半月形の光は香司の腕をかすめ、スーツの裾に食いこみ、氷に半ば埋まって止まった。

香司はスーツを引っ張ったが、半月形の光は氷と一体化したように動かない。

忍の背筋が粟立《あわだ》つ。

あのままでは、鎧武者の次の攻撃をかわすことができない。

「忍さまは、この境内からお出になりませんように」

丁重に言って、横山が歩きだす。

香司の加勢に行くつもりだ。

その背中にむかって、天狼が静かに言った。

「たどりつく間に終わってしまうぞ」

「それでも、ここで見ているわけにはまいりません。私は、あの方の付き人ですから」

横山は足を止め、穏やかに答えた。

「途中には、鏡野継彦に味方する妖たちが集まっている。おまえでは、無理だろう。空を飛んでいくのでもなければな」

（空？）

忍は、まじまじと天狼を見、ふいに息を呑んだ。

脳裏に去年の一月の記憶が甦《よみがえ》ってくる。

（そうだ。天狗なら、空を飛ぶ呪具を持ってるはずだ）

「天狼さん、団扇《うちわ》持ってるだろ！　お願いします！　オ……私を団扇で扇《あお》いでください！」

天狗の団扇で飛ばしてもらえれば、おそらく一瞬で香司のもとにたどりつけるはずだ。

横山もハッとしたような顔になった。

「天狼殿、ぜひ私を香司さまのもとに！」

二人に頼まれ、天狼は難しい顔になった。

「この瘴気のなかでは、二人も飛ばすのは無理だ」

「お願いします、天狼さん」

忍は天狗の腕をつかみ、潤《うる》んだ瞳で見上げた。

側にいた飛天坊が「ほほう」という顔になる。

天狼は眩《まぶ》しげな目になって、コホンと咳払《せきばら》いをした。

「そんなに行きたいか。……だが、危険だ」

「でも、このままだと香司が！　お願いです！　飛ばしてくださるなら、オ……私、なんでもしますから！」

忍の必死の表情を見て、天狼は心を変えたようだった。

「わかった。やむをえん。せめて、身の護りとして、これを持っていくがよかろう」

差し出されたのは、金色の扇だ。

何やら、不思議な霊気が立ち上っている。

「なんですか、これ？」

「こんなこともあろうかと用意してきた金気の呪具だ。これをふると、敵の木気の攻撃を弾き返すことができる。あの妖しい光もこの扇で扇げば、外すことができるだろう」

忍は扇を受け取り、ペコリと頭を下げた。

「ありがとうございます」

横山が、責めるような目で天狼を見た。

しかし、天狼は横山にはかまわず、忍にむかってかすかに笑ってみせた。

「さあ、いくぞ。準備はよいか」

「はいっ！」

忍は金色の扇を握りしめ、大きく息を吸いこんだ。

香司を助けるのに間に合うように、心のなかで祈る。

「行け！」

天狼が団扇を一扇ぎする。

そのとたん、忍の身体は強い風に煽《あお》られ、勢いよく夜空に舞い上がった。

「うわああああああーっ！」

第五章　死は優しく奪う

風を切って飛んでいく忍《しのぶ》の目に、氷結した諏訪湖《すわこ》が見えてきた。
満月に照らされた湖の真ん中に、鎧武者《よろいむしゃ》と香司《こうじ》がいる。
香司は半月形の光に縫い止められ、動けない。
軍馬は、鎧武者から少し離れた氷の上で黄色い五芒星《ごぼうせい》に呪縛《じゅばく》されている。
(香司！)
見る見るうちに凍った湖面が近づいてくる。
そこに激突すれば、間違いなく忍の命はない。
(どうしようどうしようどう……)
「ぎゃあああああああーっ！」
悲鳴をあげ、目を瞑《つむ》った瞬間だった。
背中が、何かやわらかいものにあたって弾んだ。
ドサッ！

腰から氷に落ちて、忍は小さくうめいた。
(痛《い》ってえ……)
しかし、何かが受け止めてくれなければ、こんな程度ではすまなかったろう。
恐る恐る目を開くと、何か暖かいものが忍の頬《ほお》をザリッと舐《な》めた。
(うわ……)
見ると、シナモンパウダー色の山猫のような獣が喉《のど》をゴロゴロ鳴らしている。
巨大化した香太郎《こうたろう》だ。
先回りして、キャッチしにきてくれたらしい。
「ああ……。サンキュー、香太郎」
忍は、よろめきながら立ちあがった。
まだ膝《ひざ》が震えている。
その時、香太郎が警告するように低く鳴いた。

＊　　　＊

鎧武者が氷に縫い止められた香司にむかって、ゆっくりと近づいていく。
香司は油断なく八握剣《やつかのつるぎ》を握りしめ、鎧武者を睨《にら》み据《す》えている。

動けない状態で戦うつもりだろうか。
しかし、この状態では勝ち目はないに等しい。
(助けなきゃ！)
扇を握りしめたまま、忍は走りだす。
氷の上は平らで岩のように固いのかと思ったが、一歩走るたびに不気味に揺れる。
すぐ下は水なのだ。
(氷が割れたら……。いや、そんなこと考えるな)
香太郎が安全な道を示すように、少し先を走っていく。
「忍！　このバカ！　来るな！」
香司が恋人たちの姿に気づき、驚きの声をあげるのが聞こえた。
鎧武者も忍にむきなおり、兜《かぶと》の下の暗闇《くらやみ》をギラリと光らせた。
――邪魔するか。
三度《みたび》、鎧武者の手のなかから青い半月形の光が飛びだしてきた。
まるで鎌《かま》のような形だ。
ザシュッ！　ザシュッ！　ザシュッ！
「忍ーっ！」
「うわああああああーっ！」

(やられる！)

必死に、忍は扇をふりまわした。

ふいに、忍のなかから何かがぬけ出し、扇のなかに流れこむ気配があった。

(え……？)

扇が白く輝きだした。

次の瞬間、白い光が半月形の光をすべて弾《はじ》き飛《と》ばす。

(すげ……)

まさか、こんな力があるとは思わなかった。

(これなら、いける……！)

「香司ーっ！」

駆けだしながら、忍は香司にむかって力いっぱい扇をふった。

(届けーっ！)

扇の白い光がサーチライトのように、凍りついた湖面を照らしだす。

光があたったとたん、香司を縛《いまし》めていた半月形の光が弾け飛んだ。

半月形の光を弾くたびに、忍の手もとの扇にヒビが入り、細かな金色の粉がパッと散る。

香司は素早く立ちあがり、忍のほうに駆けよってきた。

「すまん、忍！　助かった」

——おのれ！

ザシュッ！　ザシュッ！　ザシュッ！

鎧武者は忍にむかって、つづけざまに青い鎌のような光を放った。

「うわあああああーっ！」

忍は、必死に扇をふる。

そのたびに、金色の光の粉が散るのには気づかなかった。

ふいに、扇が粉々に砕けた。金色の光の粒が宙に舞う。

（嘘《うそ》……！）

扇で弾ききれなかった半月形の光の一つが、大きな弧を描いて忍に襲いかかってくる。

（ダメだ……！　やられる！）

そう思った瞬間、香木猫《こうぼくねこ》が飛びあがり、忍をかばった。

「香太郎！」

ギャンッ！

一声鳴いて、香太郎は氷に叩《たた》きつけられた。そのまま、シューッと小さくなり、猫の姿に戻っていく。

「大丈夫か、忍」

香司が駆けよってきた。

「うん。オレは大丈夫だ。でも、香太郎が……」

「妖気《ようき》は消えていない。安心しろ」

静かに言うと、香司は忍をかばうような位置に立ち、八握剣を構えた。

鎧武者は今度は香司にむかって、すっと籠手《こて》に包まれた手をむけてきた。

＊　　＊

戦いは、長引いていた。

忍は香司の背後に護《まも》られながら、募る不安を懸命に押し殺していた。

(大丈夫だろうか、香司……。このままだと、体力がやばいんじゃ……)

その時、鎧武者が今までで一番大きな半月形の光を放った。

ザシュッ！

半月形の青い光が不気味な弧を描いて、香司に襲いかかってくる。

「逃げろ、忍！」

香司は、かろうじて半月形の光を切り裂いた。

しかし、無理な体勢だったせいか、そのままバランスを崩し、氷の上に倒れこむ。

「香司！」

忍は、悲鳴のような声をあげた。

（嫌だ！　香司！　香司！　香司ーっ！）

切り裂かれた二つの光がブーメランのように弧《こ》を描き、香司のほうに戻ってくる。

香司は、もう避けられない。

その瞬間、香司と鎧武者のあいだに暗い色の風が走ったようだった。

（え？）

青い光が二つとも弾き飛ばされ、鎧武者の身体に突き刺さる。

——ぐおおおおおおおおーっ！

苦しげな思念とともに、鎧武者が身体を前に折った。

その巨大な口のなかから三つの光が飛びだし、まっすぐ岸辺に飛んでいく。

（嘘……！）

いつの間にか、香司の前に長身の人影が立っていた。

グレーのスーツを着て、胸の前で印《いん》を結んでいる。邪魔なコートとマフラーは、どこかに置いてきたようだ。

綾人《あやと》だった。

やはり、我慢できずに来てしまったらしい。

（鏡野《かがみの》さん……）

「危ないところだったね」

綾人は、忍にというよりは香司にむかって言った。

香司は、驚いたような目をしている。

綾人は鎧武者を油断なく見据えながら、静かに言った。

「香司君、見えるかい？　今、木気《もっき》の攻撃を弾いたら、鎧武者が水気《すいき》に戻った。今なら、〈青海波《せいかいは》〉で切れるよ」

香司は鎧武者をじっと見、わずかに目を細める。

黒髪の少年は、さっき、鎧武者の口から飛び出した三つの光がカマイタチの三兄弟だったらしいと理解したようだった。

「なるほどな。……感謝する」

八握剣で身体をささえながら、黒髪の少年はゆっくりと立ちあがった。

すでに立っているのもやっとの身体から、ゆらゆらと霞《かすみ》のような霊光が立ち上りはじめる。

（香司……）

駆けつけてきた恋敵を前に、みっともないところは見せられないと思ったのだろう。

――おのれ！　邪魔をするか、鏡野綾人！　御剣《みつるぎ》香司ごと殺してくれる！

鎧武者が怒りの思念を発し、半月形の光が突き刺さったまま、こちらに突進してきた。
香司がすっと八握剣を構える。
——死ねえええええーっ！
鎧武者の太刀が宙を切る。
ほぼ同時に、香司の身体が沈んだように見えた。
次の瞬間、鎧武者の懐《ふところ》に入り、斜め上に切り上げる。
ザシュッ！
鎧武者の胴体に斜めに光る筋が走った。
鮮やかな一撃だった。
——な……んだと……!?　この俺《おれ》が……！
鎧武者の肩を蹴《け》って、香司が反対側の氷に着地する。
八握剣がかすかに鳴った。
「五行《ごぎよう》に還《かえ》れ」
その言葉と同時に、鎧武者の胴体が大きくくずれ、上半身が氷の上に落ちた。
鈍い音が響きわたり、氷の表面に幾筋ものヒビが走る。
(すげ……。やったのか？)
「大丈夫か、香司？」

恋人の身を心配しながら、忍は二、三歩前に出た。

その時だった。

——おのれ……！　ただでは死なぬ！　死出《しで》の旅の……道連れにしてくれるわ！

鎧武者の太い腕がゆっくりとあがり、力いっぱい氷の上に振り下ろされるのが見えた。

ドドドドドドドドドドーン！

轟音《ごうおん》とともに、諏訪湖の氷が揺れた。

忍の足もとの氷も不安定に上下する。

鎧武者の手のもとから氷に深い亀裂《きれつ》が入り、不気味な音をたてながら四方に広がっていく。

（嘘……！　氷、割れる！）

忍は、その場に凍りついたように動けなかった。

逃げなければいけないと思うのに、足が動かない。

しだいに亀裂は広がり、忍の手前の氷も割れはじめる。

それは、夢のなかの光景のように実感がなかった。

（ああ……氷が割れる……）

「危ない、忍！」

とっさに、香司が忍にむかって手のひらを突きだしてきた。

バシュッ！

威力を弱めた霊気の固まりが、忍の身体を弾き飛ばす。

「うわあああああーっ！」

忍の身体は宙に舞い、安全な大きな氷の固まりの上に落ちた。

ほぼ同時に、たった今まで忍がいた場所に深い亀裂が走り、割れた。

無数の氷のかけらが、暗い水のなかに落ちていく。

忍は、呆然《ぼうぜん》と亀裂を見つめていた。

（あと一歩遅かったら……オレ……）

恋人の姿を目で捜し、忍は、息を呑《の》んだ。

香司は、別の亀裂のむこうにとり残されていた。

一度割れた氷はぶつかりあい、互いの上に乗りあげて、場所によっては氷の裂け目は見えなくなっている。

だが、忍と香司のあいだには黒い水面が広がっている。

そのあいだにも、鎧武者の胴体はもがきながら水に沈んでいく。

それにつれてジュワジュワと音がして、泡が立ちはじめた。

「溶けてる……。なんで……？」

「御神渡《おみわたり》が近いせいだ」

静かな綾人の声がした。

綾人は亀裂のこちら側、忍の側《そば》に立っていた。

とっさに移動してきたのだろう。

「御神渡……？」

「そう。御神渡の直前、湖の水は清らかに澄み、妖《あやかし》を拒む」

「拒む……って？」

「水に触れた妖は、溶けてしまう。あの鎧武者のようにね」

言いながら綾人は忍に手を差し出し、助け起こしてくれる。

この時ばかりは、忍も呆然としたまま、綾人の手をつかんでいた。

「そんな……！　じゃあ、鏡野さん、ここにいたら危ないじゃないですか！　……あ、でも、水性《すいしょう》の妖だから、諏訪湖の水も大丈夫なんですか？」

「いや。ぼくも溶けるだろうね。そんなみっともないことはしないつもりだけれど」

穏やかな口調で、綾人が言う。

「溶けちゃうんですか!?　だったら、鎧武者も倒したし、岸に戻ってください……」

忍が言いかけた時だった。

ふいに、異様な妖気とともに、泡立つ水のなかから鎧武者の太い腕が勢いよくのびてきた。

あきらかに、忍を狙《ねら》っている。
(やばい……)
逃げようとしても、足がすくんで動かない。
「忍ーっ!」
香司の必死の叫び声が聞こえたような気がした。
だが、間に合わない。
その瞬間、綾人が忍を抱きあげ、宙に舞った。
(嘘……!)
ふわりと忍の頬に綾人の髪がかかる。
ほのかに、麝香《じゃこう》のようないい匂《にお》いがした。
――おのれ!
空振りした腕は、氷のふちを叩いた。
綾人は忍を安全な場所にそっと下ろし、微笑《ほほえ》んだ。
すぐ側に、香太猫がぐったりしている。
「君が無事でよかった」
忍を見下ろす綾人の表情は、ただ優しかった。
大蛇《おろち》は昨夜《ゆうべ》の約束どおり、忍を護ったのだ。

「鏡野さん……」
忍は呆然としたまま、綾人の目を見上げていた。
年齢を超越した、妖の美しく深い眼《まなこ》を。
そのなかから見つめてくるものは、静かに忍に別れを告げていた。
忍には、綾人がそんな目をする理由がわからなかった。
何か言わなければと思うのに、声が出ない。
その時、綾人の身体が大きく揺れた。
「くっ……！」
綾人が、自分の胴体を見下ろした。
仕立てのよいスーツの腰に、不気味に泡立つ大きな籠手が食いこんでいる。
妖の白い顔から、ふっと表情が消えた。
（嘘……！）
忍は、目を見開いた。
綾人の背後に、半ば溶けかけた鎧武者が身を乗り出しているのが見えた。
兜の下の暗闇のなかで、二つの目が妖《あや》しく光っていた。
綾人がわずかに眉根《まゆね》をよせ、後ろを振り返った。
「まったく……こんな時に……」

呟《つぶや》く声は粉雪混じりの風に吹きさらわれて、消える。

荒い息を吐きながら、鎧武者はじわじわと綾人を引きずりよせようとしている。

(ダメだ。このままじゃ……！)

「鏡野さん！」

「逃げたまえ、忍さん！」

とっさに、綾人が叫ぶ。

「でも……！」

(このままじゃ、水に落ちて、溶けちまう！　そんなのやだ！)

綾人は、氷の上に膝をついた。

端正な顔に、ふわっと茶色の髪がかかる。

髪に半ば隠れて表情はよく見えないが、スーツに包まれた全身から苦痛の色が滲《にじ》みでている。

「早く……忍さん……！」

そう言われても、忍はなおも迷う。

ここで逃げれば、完全に綾人を見捨てる形になる。

(そんなの……ダメだ)

忍のなかで、迷いが「やっぱり助ける！」という固い決意に変わりかける。

その瞬間を、綾人は見逃さなかった。

忍を見つめる瞳《ひとみ》に、ひどく切なげな光が浮かんだ。

どれほどに、綾人はこの人間の少年を愛したろう。

「しょうがない……人だ……」

綾人は籠手に引きずられていきながら、懸命に身体に力をこめ、両手をあわせて、印を結んだ。

「龍王《りゆうおう》の王たる水天に祈願する。タニヤタ・ウダカダイバナ・エンケイエンケイ・ソワカ……！」

絞り出すような声とともに、綾人のスーツの胸がカッと光った。

胸のあたりから、小さな童子がすっとぬけだしてくる。

童子は白い狩衣《かりぎぬ》を着ていた。

綾人の式《しき》だ。

童子はふわりと氷の上に着地し、ガラス玉のような目で綾人を見下ろした。

心を持たない式神《しきがみ》は、主《あるじ》が死にかけていることに気づいたのか、気づかないのか。

その表情からは、わからない。

「忍さんを……」

綾人の命令に童子はうなずき、ふっと溶けるように姿を変えて、黒い虎《とら》になった。

そのまま、肉厚の足裏で氷を踏んで、まっすぐ忍に駆けよってくる。

忍は、目を見開いた。

自分のために最後の妖力まで使い果たそうとする綾人が、信じられない。

（どうして、そこまで⁉）

「嫌です！　オレだけ安全な場所になんて！　やめてください！」

「行くんだ」

苦しげに、綾人が命じる。

黒い虎は忍とその側でのびている香木猫をくわえて背中にポンと放《ほう》り投《な》げると、岸にむかって駆けだした。

（鏡野さん……！）

忍は片手で虎の暖かな毛皮にしがみつき、片手で香太郎を抱きしめながら、ギュッと目を閉じた。

できるものならば、戻りたい。

だが、自分が抗《あらが》えば抗うほど、綾人は苦しい思いをする。

（オレが岸に戻れば、鏡野さんも自分のために力を使えるようになるはずだ。頼む。それまで、間に合ってくれ……！）

驚くような速さで、黒い虎は氷の上を飛び越え、岸にむかって近づいてゆく。

忍の耳もとで風が鳴る。

冷たい風にさらされた頬は、もう感覚がなかった。

ほどなく、黒い虎は忍を岸辺で降ろし、大気に溶けるようにして消えた。

横山《よこやま》がホッとしたように駆けよってくるのが見えた。

（鏡野さん！　死ぬな！）

忍は横山に香木猫を渡し、勢いよく振り返った。

間に合ったろうか。それとも、間に合わなかったろうか。

夜空には、禍々《まがまが》しい死星が赤々と輝いている。

＊　　＊

銀色の月明かりが、凍りついた湖を照らしだしている。

その湖の中央の氷はおよそ十メートル四方にわたって砕け、真っ黒な水面が見えていた。

そこが、つい七、八分前まで香司と鎧武者が戦っていた場所だ。

湖の中央から四方の岸辺にむかって、深い亀裂が走っていた。

諏訪湖の氷はちょうど東西南北に分断され、四つの大きな氷の固まりとそれをとりまく無数の小さな氷の固まりに変わっていた。

忍はさっきまで、綾人とともに西の氷の固まりの上にいた。

消耗しきった香司は深い亀裂と真っ黒な水を隔てて、東の固まりの上にいる。

割れた氷がところどころで重なりあい、夜空に高く突き出していた。

西の氷の端では、鎧武者であったものが激しく泡立ちながら溶けていこうとしていた。

その身体はほとんど水に沈み、見えなくなっていたが、籠手はまだ綾人の胴体をがっしりつかんでいる。

綾人の足も膝のあたりまで水に濡《ぬ》れ、不気味に泡立ちはじめているのが見えた。

忍は呆然として、立ちすくんだ。

(鏡野さん……！)

こんなのは嘘だ。こんなのはありえないと、頭のなかで同じ思考がぐるぐるまわる。

綾人だけはどんな危険も軽やかにかわし、飄々《ひょうひょう》と生きていくのだと思っていた。

妖力絶大な大蛇が、こんなことくらいで死ぬのはおかしい。

これは何かの間違いに違いない。

水に足を浸した状態で、綾人が弱々しく身じろぎした。

真っ青な顔は、こんな時だというのに息を呑むほど美しく見えた。

耳の奥に、さっきの綾人の声が木霊《こだま》している。

——水に触れた妖は、溶けてしまう。あの鎧武者のようにね。

(嘘だ……!)

「鏡野さん!」

必死に呼びかけると、綾人の頭がかすかに動いた。

だが、もう忍のほうを見る気力もないようだ。

(嫌だ……こんな……!)

その時、すべての希望を打ち砕くように、綾人の傍《かたわ》らの氷の上に虹色《にじいろ》の光の輪が現れた。

異様な妖気が立ちこめる。

光の輪のなかから現れたのは、ダークスーツに身をまとった銀髪の大蛇。

右手に冷たく光る日本刀を握っていた。

その姿は鏡野継彦《つぐひこ》のものであって、鏡野継彦のものに見えなかった。

まるで、綾人の運命そのものが叔父《おじ》の姿をとって現れたようだった。

継彦の頭上に、禍々しいほどに赤く死星が光っている。

忍は、全身が氷のように冷えていくのを感じていた。

(鏡野さん……)

傍らで、横山も無表情に氷の上の光景を見守っている。

継彦は傲然《ごうぜん》とした瞳で、ゆっくりと綾人に近づいていった。

勝利を予感しているのか、こらえてもこらえきれない笑みが酷薄な黒い瞳の奥で揺れている。

「久方ぶりだな、綾人。熊野《くまの》以来か」

その声は、優しげだった。

綾人は、苦しげに叔父を見上げた。

蒼白《そうはく》な顔に、苦笑じみた表情が浮かぶ。

「今、一番見たくない顔ですね」

声はこんな場に似つかわしくないほど、落ち着いていた。

「無様だな。人間ごときのために命を捨てるか……。兄上もさぞかし無念だろう。丹精こめて育てた後継者が、このざまとはな」

すっと日本刀の切っ先が、綾人の顎《あご》の下に入る。

綾人はわずかに目を細めた。

「首を……落としますか」

「そんな楽な死に方など、させてやるものか。まずは、その目をえぐり、耳を落としてくれる」

(冗談じゃねえ！　なんとかして止めないと……！)

だが、すでに黒い虎は消え、氷の上にはいくつもの不気味なヒビ割れができている。

「忍さま、無茶はなさらないでください」

横山が、忍の背後にすっと立った。

忍が飛びだしていくなら、身体を張って止める気だろう。

「わかってます。でも……このままじゃ、鏡野さんが……！」

忍は、唇を噛みしめた。

自分にできることは、何もないのだろうか。

氷の上では、大蛇同士の会話がかわされている。

「放っておいていただけませんか……叔父上。せっかく……心静かに五行に還ろうとしているというのに」

苦痛に青ざめたまま、綾人は微笑んでみせる。

「バカが。最後の一息まで苦しめずにはおくものか」

継彦は、日本刀をふりかぶった。

銀色の刃《やいば》が、月明かりにギラリと光る。

(鏡野さん……！)

忍は、息を呑んだ。

もう間に合わない。

「死ね！」

風を切って、必殺の刃が振り下ろされてくる。

その瞬間だった。

継彦の背中にむかって、黄色い炎をあげて呪符が飛んだ。

「稲荷符《いなりふ》、急々如律令《きゅうきゅうにょりつりょう》！」

「何っ⁉」

振り返った継彦は、かろうじて呪符をかわした。

綾人と継彦と同じ氷の上に、いつの間にか香司が八握剣を握って立っている。

香司もまた消耗しきって青い顔をしていたが、その瞳には苛烈《かれつ》な光が宿っていた。

（香司！）

氷の亀裂を迂回《うかい》し、懸命に道を捜し、かろうじてこの西の氷にたどりついたようだ。

「香司君……」

少しびっくりしたように、綾人が香司の名を呟いた。

大蛇一族の当主は、香司が助けにくるとは思いもしなかったらしい。

「邪魔をするか！」

継彦が香司にむきなおり、すっと日本刀を構えた。

流れるような動作で、香司が切りかかる。

太刀筋には、いっさいの迷いがなかった。

まるで、この世のものならぬ絶対的な力が香司に宿り、その攻撃を後押ししているようだった。

継彦は、渾身《こんしん》の力で八握剣の一撃を受け止めた。

人と妖は、至近距離で睨みあう。

一歩でも足を踏み外せば、冷たい水のなかだ。

どちらも命懸《いのちが》けで、相手の呼吸をうかがっている。

ふいに、香司と継彦は勢いよく離れ、氷の上を走りだした。

「なぜだ……!?　なぜ、おまえが……!?」

「そいつは、殺させん」

再び、刃が交わる。

キンッ！

鋭い音をたてて、継彦の手から日本刀が飛んだ。

「何ぃ!?」

日本刀は、ザクッと音をたてて氷の上に突き立つ。

かえす刀で、香司は継彦のスーツの左肩にむかって八握剣を振り下ろした。

「五行に還れ！」

ザシュッ！
香司の渾身の一撃は、継彦の左の肩口を深く割った。
「ぐっ……！」
ポタポタポタッ……と赤黒いものが滴《したた》り落《お》ちた。
継彦は苦しげに顔を歪《ゆが》め、目だけ動かして自分の左肩を見た。
八握剣は肉を削《そ》ぎ、骨にまで深く食いこんでいる。
継彦の左肩から腕にかけて、見る見るうちに黒っぽい染《し》みが広がっていく。
出雲《いずも》での戦いで、〈大蛇切り〉の傷を受けたのとまさに同じ場所だった。
「おのれ……！」
すさまじい目で、継彦が香司を見た。
香司もまた八握剣を握りしめたまま、継彦の目をねめつけた。
至近距離で、人と大蛇は互いの目を睨みあった。
「くっ……！」
ふいに、手負いの継彦の身体が大きく動いた。
ドスッ！
力いっぱい腹を蹴られ、香司の身体が一瞬、宙に浮く。
その弾みに、香司の指が八握剣から離れた。

（あ……！）

飛ばされていきながら香司が目を見開き、もう一度、八握剣をつかもうというように手をのばす。

しかし、間に合わない。

継彦は自分の肩に食いこんだ八握剣を見、血みどろの顔でニヤリと笑った。

悪鬼《あっき》の形相だった。

次の瞬間、継彦の足もとに虹色の光の輪が出現した。

「待て！」

香司が追いかけようとする。

だが、それより早く、継彦は八握剣を肩に食いこませたまま、虹色の光のなかに姿を消した。

あとには、大量の血痕《けっこん》が残っているばかりだ。

（嘘……！　八握剣、とられちまった）

忍も横山も、言葉がない。

香司は炎のような目で、たった今まで継彦がいた場所を睨みつけた。

力が足りなかったのだ。

いつもの香司であれば、肩の骨で止まったりなどせずに、胴を完全に断ち切っていただろう。

香司はギリッと奥歯を嚙みしめ、綾人にむきなおった。

綾人はこの戦いのあいだにも、じわりじわりと水に引きこまれつつあった。

すでにスーツの足は膝の上まで水に浸《つ》かり、激しく泡立っている。

「バカが」

低く呟いて、香司は足早に綾人に近づいていった。

「なぜ……来た……?」

弱々しく唇を動かして、綾人が尋ねる。

この聡明《そうめい》な妖は、自分が十中八九、助からないことを知っていた。

香司が命を懸けて助けにきてくれても、無駄になる可能性が高いことも。

冷静に考えて、奪われた八握剣をとりかえしたいと思えば、綾人を見殺しにし、継彦を追う以外の選択肢はない。

それでも、香司が無駄とも思える道を選び、わざわざ自分を助けにきた理由を綾人は察していた。

たぶん、香司は綾人のなかに深い絶望と破滅への憧《あこが》れを読みとったのだろう。

それは、妖を殺してしまう種類の昏《くら》い闇だ。

目の前の大蛇がこの世から消えようとしていると思った瞬間、おそらく、香司にとって綾人は鏡野家の当主でも、忍をめぐる恋敵でもなくなったのだ。

鏡野綾人という形をとって、この世に現れた圧倒的な個性と妖力、しなやかな魂、身のうちに深く秘めた権謀術数の血。

二度と現れない、輝かしい生。

それをこの世から消し去ることは、香司にはどうしてもできなかったのである。

むろん、香司はそんな自分を認めたくはないだろうが。

「死なせないためだ」

低い声で言うと、香司は綾人の胴に食いこんだ籠手に手をのばした。

蒼白な顔で、綾人が香司を見上げる。

香司を見つめる瞳には、今までと違った光があった。

綾人は自分が一瞬とはいえ、忍へのかなわぬ想《おも》いとひきかえに虚無の闇を選ぼうとしたことと、香司がそれを敏感に察したことに気づいていた。

それは、綾人にとって悔やんでも悔やみきれない失態だった。

正気に戻れば、己の恥部を見られたことに怒りさえ覚える。

だが、同時に綾人は素直に感動していたのだ。

大蛇は、香司が見せた意外な一面に驚いていた。

必要がない時には、妖には心をよせない少年だと思っていた。

あくまで人の立場を護り、人の世界のために戦う者なのだと。
けれども、香司は妖のために動いた。
なんの得もないのに、命を懸けて。
やはり、忍の愛した少年だけのことはある。
綾人は、ふっとつらそうに眉をよせた。
鏡野一族の一人として、妖にむけてくれた香司の気持ちはありがたいと思った。
しかし、事態は一刻を争う。
「追うんだ……八握剣を……」
「うるさい。黙れ」
香司はキッと綾人をねめつけ、籠手をつかんだ。
何がなんでも、綾人の救出を優先するつもりらしい。
乱暴に引っ張ったり、蹴りつけたりしながら、一本一本指を外していく。
綾人は籠手を蹴られるたびに顔をしかめたが、文句は言わなかった。
やがて、籠手は外れ、激しく泡立ちながら湖のなかに滑り落ちていった。
香司は綾人のスーツの肩を荒っぽくつかみ、引きずりあげた。
「立て。歩くんだ」
綾人は苦痛に顔を歪め、香司のスーツの肩につかまった。

大蛇の端正な横顔に、苦笑めいたものが漂う。

すでに、綾人はいつもの己を取り戻していた。

「みっともないところを見せてしまったね」

穏やかな声で、そっと言う。

「まったくだ」

素っ気なく、香司が答える。

綾人は、微笑んだ。

「ありがとう」

思わぬ言葉に驚いたのか、香司が綾人をまじまじと見た。

短い沈黙の後、香司はボソリと呟いた。

「おまえはバカで気障《きざ》で鬱陶《うっとう》しい大蛇だが、いつも忍が世話になっている」

「それは……建て前だろう……」

息も絶え絶えのくせに、綾人は声をたてて笑った。

「じゃあ、言ってやる」

香司は憮然《ぶぜん》として、綾人の蒼白な美しい顔を睨みつけた。

「おまえが死んで、忍の心に永遠に残るのは許さない」

「それも建て前だよ……」

綾人は穏やかに受け流し、岸辺のほうに視線をむけた。

氷の亀裂があちこちに走り、月明かりが黒い水面に反射している。

＊　＊

岸辺では忍が両手を握りしめ、氷の上の二つの姿を見つめていた。

八握剣は奪われてしまった。

だが、香司と綾人は生きている。

(よかった……)

あとは、一刻も早く救出しなければならない。

「横山さん、助けに行きましょう。あの船、なんとか動かせないでしょうか」

忍の視線の先には、ヨットハーバーに停泊中の白鳥を象《かたど》った観光用の船がある。

横山は、即座に、首を横にふった。

「この氷ですから、船では近づけません。南極観測用の砕氷船なら話は別ですが、尖《とが》った氷がぶつかれば、船体に穴があくかもしれません」

「じゃあ、ヘリとか……」

「それが一番、現実的でしょう。ただ、御剣家のヘリを要請するにしても、東京からここまで来るには時間がかかります。それまで、お二人の体力がつづけばいいのですが。消防署に連絡して人間用のレスキュー隊を呼ぶのは、できれば避けたいところですし」

「え……？　じゃあ、助けるまでに時間かかるのか？」

（どうしよう……）

忍は横山の腕のなかで、ぐったりと目を閉じている香太郎を見、湖の水を見て、ため息をついた。

まさか、飛びこめとも言えない。

その時、円山忠直《まるやまただなお》が岸辺に駆けよってきて、一生懸命両手をふりはじめた。

「綾人さまー！　じいが、これからお迎えにまいりますぞ！　水など怖がるじいではございませぬ」

「やめたほうがいいですよ、円山さん。溶けてしまいます」

慌てて、忍は止めに入った。

しかし、老人はかまわず氷に近づいていく。

「そのようなこと……うわっ！　あっあっ！　ぎゃあああああーっ！」

氷の薄いところを踏みぬいたのか、ジュッと音をたて、円山忠直が水辺から飛びすさった。

氷の上では、香司と綾人が顔を見合わせ、ため息をついたようだった。

「なんの、これしき。じいは綾人さまのためなら、たとえ火のなか水のなか……」

円山忠直が着物の懐から紐《ひも》をとりだし、たすきがけにしはじめる。

その背後に、すっと背の高い人影が立った。

(え……?)

忍は人影を見、目を瞬《しばたた》いた。

純白の狩衣に身を包み、烏帽子《えぼし》をかぶった一郎《いちろう》だ。長い髪は綺麗に結いあげている。

あきらかに、これは正装だ。

その後ろには、同じ服装の三郎《さぶろう》もいる。

一郎が、音もなく右手をあげた。

そのとたん、諏訪湖が端から氷結しはじめる。

(すげ……)

見守っていた妖たちが、ざわっとざわめく。

「御神渡じゃ」

「始まった……」

ほどなく、不気味な黒い水面は消え、湖は端から端まで真っ白な氷に覆われた。

(助けてくれたんだ……)

「ありがとうございます」

忍は、深く頭を下げた。

一郎はそれには応《こた》えず、澄ました顔で諏訪湖の氷に足をかけた。

あたりに、清らかな霊気が立ちこめる。

一郎が歩いてゆく後から、三郎も氷を渡りはじめた。

忍たちの横を通る時、三郎はウインクしてみせた。

満月の光が、銀色の湖面を渡っていく二柱の神と岸辺に戻る二つの影を照らしだしていた。

*

*

諏訪湖の御神渡は、無事に終わった。

カマイタチの三兄弟たちは岸辺で横山に保護され、無事だった。

幸い、鎧武者に吸いこまれていたあいだのダメージは、ほとんどなかったようだ。

折れたはずの次男の裕二《ゆうじ》の鎌は、助かった時には直っていた。

鎧武者のなかで修復されたらしい。

天狗たちは名残《なごり》を惜しみながら、下田《しもだ》に帰っていった。

重傷を負った鏡野綾人は円山忠直につきそわれ、東京の屋敷に戻った。

忍と香司に、別れの挨拶《あいさつ》はなかった。

三郎は御神渡の翌日、ふらりと旅に出た。

一郎の話では、南のほうにむかったらしい。

夜の世界の三種《さんしゅ》の神器《じんぎ》をすべてそろえた鏡野継彦は、諏訪の戦いの後、行方がわからなくなった。

おそらく、どこか人目につかないところで傷を癒《いや》しているのだろう。

日の本の妖たちは、やがてくる御剣と鏡野の二つの家の対決を予想し、最後の戦いの始まりを息をつめて待っていた。

怖《おそ》れるもの、新たな妖の世界に夢を抱くもの、平穏を望むもの。

みな、それぞれの思惑を胸に抱いて、寒さのなかでじっと身をひそめている。

＊　　＊

御神渡の翌日の夜。

松浦《まつうら》忍と御剣香司は、カマイタチの三兄弟とともに再び鏡池《かがみいけ》を訪れていた。

湧《わ》き水《みず》があるせいか、鏡池は凍っていない。

暗い水面に、十六夜《いざよい》の月が映っていた。

「助けていただいて、ありがとうございました」

人間の姿に戻った太一《たいち》が、深々と頭を下げた。

裕二と賢三《けんぞう》も頭を下げている。

「折られた鎌、もう大丈夫なんですか？」

忍が尋ねると、裕二がニコッと笑った。

「おかげさまで、前より具合がいいようです」

「それはよかったですね」

忍と香司は、顔を見合わせた。

香司が三兄弟にむきなおって、口を開く。

「それでは、いつぞやの呪《のろ》いを断ち切る刃ですが……」

「呪いを断ち切れるかどうかは知りませんが、これからお目にかけましょう」

太一は弟たちとうなずきあい、手をつないだ。

カマイタチたちは目を閉じ、意識を集中させる。

鏡池が、ぼーっと淡く光りはじめた。

（あれ？）

忍は、ふっと水面を凝視した。

そこに映っていた月が、心なしか痩《や》せたようだ。

いや、気のせいではない。

水に映る月は、しだいに細くなっていく。

（なんで……？　月蝕《げっしょく》か？　……なわけねえか）

信じられなくて夜空を見上げると、そこには変わらず十六夜の月が輝いている。

やがて、水面に映る月は三日月の形になった。

「すげ……。なんで、そこに映ってる月だけ、三日月なんだ？」

カマイタチの三兄弟が目を開き、じっと水面に現れた三日月を見つめている。

「すごいですね。これ……なんなんですか、兄さん？」

賢三がめずらしげに呟く。

裕二も驚いたような顔をしていた。

カマイタチの次男、三男はこの三日月については知らされていないようだった。

「祖父の話によると、あれはカマイタチの兄弟が三人そろわないと出せない鎌だそうです。兄弟が力をあわせれば、不可能などない。あの鎌が出せるように、三人は仲良く暮らせという教訓がこめられているのです。私どもにとっては教訓の鎌ですが御剣さまのお力でしたら、あの月で呪いが断てるのでしょうか」

太一が弟たちの手を離しながら、期待に満ちた笑顔で言う。どうやら、御剣家の力を過大に評価しているようだ。

水面に映る三日月はゆらゆら揺れながら、消えていく。

「いや、月では無理だろう。……見せてくれて、ありがとう……」

ため息のような声で、香司が呟いた。さすがに失望の色は隠せない。

(教訓……。マジかよ)

これは、忍にとってはショッキングな結末だった。

諏訪に来れば、呪いを解けるだろうと信じていたのに。

(なんのために、ここまで来たんだよ……)

香司も、しばらく黙りこんでいる。

この結末に腹を立てているのだが、かといって罪のないカマイタチにあたるわけにもいかない。

冬の風が、少年たちの髪を吹き乱して通り過ぎる。

忍は身震いして、若草色のピーコートのなかで身を縮めた。

「あの……もしかすると、三郎さまが呪いを解く刃物についてご存じかもしれません」

恐る恐るというふうに、賢三が口を開いた。

「三郎さんが?」

忍は、賢三をまじまじと見た。

「はい。あの方は、昔は人間の世界で拝み屋の真似事《まねごと》もなさっていましたから、諸国の事情におくわしくていらっしゃいます。それで、ずいぶん騒動を起こしていらしたそうですが……」

「拝み屋って……？」

忍の問いに、香司がボソリと答える。

「除霊や祈禱《きとう》を専門にする術者だ。陰陽師《おんみようじ》や僧侶《そうりよ》と違って、特別な修行はいらない。思いたったその日から、拝み屋と名乗ることができる。そのぶん、技術には個人差があって、怪しげな奴《やつ》はとことん怪しげだ。有能な術者も、もちろんいるが……。よりによって、八百万《やおよろず》の神々の一人が拝み屋の真似とはな」

香司は、あきれたような顔になっている。

どうやら、三郎の行為はあまり褒められたことではないらしい。

「そうなんだ……。すごく……変わった神さまだよね、三郎さんって」

「れっきとした八百万の神のくせに、立ち位置は妖に近いな。……しかたがない。呪いを解く刃物は、俺が自力で捜す。もともと、そのつもりだったわけだし、初心に戻ったと思えばいい」

自分に言い聞かせるように、香司は言った。

忍は、横目で香司を見た。

「でも、捜すっていっても……」

（香司、どうするつもりなんだろう）

　無意識に両手を頬にあて、暖めながら尋ねると、香司がそっと自分の青いマフラーを渡してくれた。

「わかっている。今のままではダメだ。東京に戻ったら、ちゃんと捜せるようにしよう。たとえ、どんな形になっても」

　言いながら、何かを決意したのだろうか。香司の眼差《まなざ》しには、今までと違った静かな光が浮かんでいる。

　ハッと胸を突かれたような気がして、忍は恋人の顔を見上げた。

「たとえ、どんな形になっても？」

　香司は、穏やかな瞳で忍をじっと見下ろした。

「俺がどんな道を選んでも、信じてついてきてくれるか？」

　きっと、楽な道ではないのだろう。

　それでも、一緒についてきてくれと言っている。

　その香司の信頼が、うれしかった。

「うん……」

　忍は小さくうなずき、急にドキドキしはじめる胸を押さえて鏡池を見つめた。

　十六夜の月が、暗い水面で揺れている。

＊　　＊

諏訪の戦いから、三日が過ぎた。

窓から射《さ》しこむ冬の陽《ひ》が、真新しい青畳を照らしだしている。

御剣家の離れの和室だ。

久しぶりに香司と忍は、この部屋でむきあっていた。香司は紺色の着物だ。忍は、赤い振《ふ》り袖《そで》を着ていた。つけ毛はつけず、化粧もしていない。

忍の前には、打敷《うちしき》と呼ばれる華やかな絹の布が敷かれ、その上に敷紙《しきがみ》と呼ばれる金銀の箔《はく》をほどこした厚紙がのせられている。

敷紙の上には、二つの香炉や七種類の火道具、和紙に包んだ香木などが綺麗に並べて置かれていた。

茶道の亭主役にあたる香元は、忍だ。

優美な手つきで香炉に炭を入れ、灰をならしていく。

香司が微笑んで、そんな忍を見守っていた。

「俺がいないあいだも練習していたらしいな。また、うまくなった」

忍は照れて、微笑んだ。

「まあね……。毎日やらされてるから」

こんなふうにして、香席でむきあうのは久しぶりのことのような気がした。

香司は昨日、御剣家に戻ったのだ。

八握剣を奪われ、ついに夜の世界の三種の神器が継彦のもとに集まってしまった。

もう忍のことで意地を張っている場合ではなかった。

倫太郎《りんたろう》もまた横山から報告を受け、今後の戦いのため、香司に帰ってくるように命令した。

ただし、「忍との恋愛関係を解消すること」という条件がついていたが。

香司はつらい思いで、その条件を呑んだ。

忍は香司との婚約は解消になっているが、御剣家が責任を持って「女に見える呪い」を解くという約束はまだ生きている。

そのため、微妙な位置ではあったが、忍も今までどおり御剣家での生活をつづけることになった。

表むきには、一度、勘当《かんどう》された香司が詫《わ》びを入れて戻り、忍との婚約が復活したということになっている。

忍は、そっと香炉を見下ろした。

迷いはなかった。

（大丈夫だ、香司）

香司には、ここに戻る前の晩、いったん恋愛関係は解消すると宣言されていた。

だが、それがあくまで表面上のことだというのは、忍にはよくわかっていた。

そうまでしなければいけないほど、二人をとりまく状況は厳しい。

今は御剣家に戻り、倫太郎たちの助けを借りなければ、継彦に勝つことはできない。

勝利と——二人の未来のために、忍は香司への想いをいったん心の奥底にしまうことに決めたのだ。

たぶん、そのほうがいいのだろう。

倫太郎も、ホッとするに違いない。

障子《しょうじ》のむこうは久しぶりにすっきりと晴れ、青空が広がっている。

そのぶん、寒さは厳しかった。

「鏡野継彦が闇の言霊主《ことだまぬし》になる儀式をはじめるまでには、もう少し時間がかかるだろう。八握剣の傷は深い。人間ならば、致命傷になっているくらいの深さだった。……まあ、妖だから、そうそう簡単に死にはしないだろうが」

静かな声で、香司が言った。

忍は香司の言葉を聞きながら、ピンセットのような銀葉鋏《ぎんようばさみ》で銀葉と呼ばれる薄い雲母《うんも》の板をとり、そっと灰の上に置いた。

銀葉の位置に狂いはなく、綺麗に筋をつけた灰にも乱れはなかった。

「本香たきはじめます。どうぞ、ご安座に」

忍は優美な仕草で畳に両手をつき、挨拶する。

その動作で、やわらかな栗色の髪が揺れた。

香司も形どおりに畳に両手をつき、目をあげて忍をじっと見た。

忍は香木の小さなかけらを銀葉の上に置き、位置が間違っていないのを確認した。

「いつ頃《ごろ》になるかな……その儀式」

「呪術的に一番いい時期を選ぶとしたら……そうだな。俺なら、節分を選ぶ」

「節分？　豆まきか？」

それがいったい、どうして呪術的に一番いい時期になるのだろう。

忍の頭のなかに、継彦が豆をまいている姿が浮かんだ。

（なんか、違う気がする……）

香司は、苦笑した。

どうやら、忍の考えていることに気づいたようだ。

「二月の節分が一番有名だが、豆まきの時だけが節分じゃないぞ。もともと節分というのは、季節の始まりの日の前日を意味したんだ。昔は立春を一年の始まりと考えていたので、その前日の節分は大晦日《おおみそか》のような日だった。この日を境に、五行も変わる。冬の水気は、春の木気にとって代わられるんだ。ものごとの出発には悪くない日だ。闇の言霊主になるのに、節分を選ぶというのは呪術的にも理にかなっている」

「へえ……そうなんだ。二月の節分って、昔の大晦日みたいな日だったんだな」

「そうだな。二月といっても、旧暦の話だが。新暦だと、そうだな……三月かな。暦を見ないと、俺も何日かはわからんが」

「三月……か」

忍の視線が、ふいと宙に浮く。

本来ならば、高校を卒業して、大学進学の準備をしている頃だ。

しかし、そんな普通の生活をしている余裕があるのだろうか。

(オレの呪いも……どうなるんだろう)

そんな忍の不安を読みとったように、香司が静かに言った。

「大丈夫だ。乗り越えられる。今までだって、そうしてきたはずだ」

「うん……」

忍は小さくうなずき、作法どおりに香炉を両手で持ち、軽く香りを聞いた。

流れるような動作で、香司の前の畳に香炉を置く。

深みのある上品な香りが立ち上る。

香司は膝行《しっこう》して香炉を手にとり、もとの位置に戻った。

香元である忍に挨拶し、三度、香りを聞いて、満足げな目になる。

「いい香りだな。完璧《かんぺき》だ。これなら、御剣流の師範も務まるだろう」

「そうかな……」

照れて、忍は少し微笑んだ。

香司が、すっと香炉を畳に置いた。

「忍、すべてが解決したら、一緒に京都に行こう。おまえに見せたい桜があるんだ」

香司が、愛《いと》しげにささやく。

「どんな桜？」

「行ってのお楽しみだ」

「いいね」

(信じているよ)

口には出せない想いをこめて、忍は香司の綺麗な白い顔をじっと見つめた。

香司も、切なげに忍の目を見返す。

唇をかわすこともなく、触れあうこともなかったが、今までで一番想いは通じあっている気がした。

陽のあたる和室に、静かに香の煙が立ち上っていた。

『少年花嫁《ブライド》』における用語の説明

妖《あやかし》……強い妖力《ようりょく》を持つ、人間以外の生き物の総称。多くの妖は、人間界と一部重なりあうようにして存在する妖の世界で暮らしており、人間界には姿を見せない。だが、なかには人間界で人間のふりをして暮らす妖もいる。妖たちの性質は、木《もく》、火《か》、土《ど》、金《ごん》、水《すい》の五行《ごぎょう》に対応している。

木性《もくしょう》の妖……鱗蟲《りんちゅう》と呼ばれる。臭《にお》いは羶《せん》、数は八、味は酸、音は角《かく》。金性に弱い。

火性《かしょう》の妖……羽蟲《うちゅう》と呼ばれる。臭いは焦《しょう》、数は七、味は苦、音は徴《ちょう》。水性に弱い。

土性《どしょう》の妖……裸蟲《らちゅう》と呼ばれる。臭いは香《こう》、数は五、味は甘、音は宮《きゅう》。木性に弱い。

金性《ごんしょう》の妖……毛蟲《もうちゅう》と呼ばれる。臭いは腥《せい》、数は九、味は辛《しん》、音は商《しょう》。火性に弱い。

水性《すいしょう》の妖……介蟲《かいちゅう》と呼ばれる。臭いは朽《きゅう》、数は六、味は鹹《かん》、音は羽《う》。土性に弱い。

生玉《いくたま》……万物を生かし、健やかに保つ力のある勾玉《まがたま》。魂《たましい》を象徴するとも言われ、人間界の祭祀《さいし》の家、玉川家《たまがわけ》に永く伝わっていたが、現在は御剣《みつるぎ》家が保管している。

印香《いんこう》……五行に対応した香の粉末に熱湯を加え、粘土状に練りあげたものを型抜きして作る。線香と素材は同じだが、線香よりも壊れにくいため、携帯用に使われる。普段は和紙に包んであり、使う時には発火させなければならない。御剣香司《こうじ》が使うと、式神《しきがみ》である五神獣（青龍《せいりゅう》、朱雀《すざく》、白虎《びゃっこ》、玄武《げんぶ》、稲荷《いなり》）を出現させることができる。

黄幡《おうばん》……強い土性の香で、御剣家が所有する。妖の世界から人間界に伝わったもの。

鏡野家《かがみの》……妖のなかでも強い妖力を持つ大蛇の一族。御剣家とともに、人と妖、二つの世界に多大な影響力を持っている。

相生《そうしょう》……陰陽五行説における五行のお互いの関係の一つ。木火土金水の五行のあいだにある、水気《すいき》によって生じた木気《もっき》は火気《かき》を生じ、火気は土気《どき》を生じ、土気は金気《ごんき》を生じ、金気は水気を生じるという無限の循環のこと。相生の関係にあるもの同士は、相性がいい。

相剋《そうこく》……相生の反対。木気は土気を剋し、土気は水気を剋し、水気は火気を剋し、火気は金気を剋し、金気は木気を剋すという。相剋の関係にあるもの同士は、相性が悪い。相生と相剋の両方があることによって、万象は循環し、世界は安定を保っているのである。

辺津鏡《へつかがみ》……太陽と豊饒《ほうじょう》、富を象徴する鏡。代々、鏡野家の当主に伝えられている。

御剣家……古くから人と妖の仲立ちを務めてきた、人間の家。政財界への影響力は大きい。

御剣流香道……陰陽師《おんみようじ》の香道。魔を退ける力を持つ。対妖の戦闘では、五行の力を封じた呪符《じゅふ》と香を使う。

八握剣《やつかのつるぎ》……御剣家に伝わる、武力を象徴する剣。別名を〈青海波《せいかいは》〉という。邪を滅する力を持つ。

夜の世界の三種《さんしゅ》**の神器**《じんぎ》……八握剣、生玉、辺津鏡のこと。この三種の神器を手に入れたものは、絶対的な言霊《ことだま》で人も妖も支配する。〈闇《やみ》の言霊主〉になれるという伝説がある。

〈参考図書〉

『陰陽五行と日本の民俗』（吉野裕子／人文書院）
『香と茶の湯』（太田清史／淡交社）
『香道入門』（淡交ムック）
『現代こよみ読み解き事典』（岡田芳朗・阿久根末忠編著／柏書房）
『図説　日本の妖怪』（岩井宏實監修・近藤雅樹編／河出書房新社）
『図説　日本未確認生物事典』（笹間良彦／柏書房）
『鳥山石燕　画図百鬼夜行』（高田衛監修・稲田篤信・田中直日編／国書刊行会）
『日本陰陽道史話』（村山修一／大阪書籍）
『妖怪の本』（学習研究社）

あとがき

はじめまして。そして、前の巻から読んでくださったかたには、こんにちは。お待たせしました。『少年花嫁《ブライド》』第九巻『大蛇《おろち》と氷の薔薇《ばら》』をお届けします。

いよいよ、物語は核心に近づいてきました。

この巻は、今までの忍《しのぶ》と香司《こうじ》の物語ではなく、忍と香司と綾人《あやと》の三人の物語として書きました。書いていくうちに当初予定していた展開とは違ってしまいましたが、まあ、それはそれ。楽しんでいただけたら、幸いです。

そして、お約束どおり大蛇祭りです（笑）。表紙は綾人とにゃんこのツーショットを希望。……ダメですか？

唯一、綾人を脱がせようとして、脱がせられなかったのだけが心残りです（嘘《うそ》）。

あ、もうすぐ高校を卒業しちゃう忍の学ラン姿が（冬休み中の事件なので）書けなかったのも心残りです。貴重な学ラン姿が（泣）。次こそは。

十月に、日帰りで諏訪《すわ》の取材に行ってきました。

あまり時間がなかったので、諏訪湖と諏訪大社《たいしゃ》を見て戻る予定でした。

ところが、諏訪に着いて、まず諏訪大社にお参りしようとしたら、なんと諏訪大社は上《かみ》社《しゃ》と下社《しもしゃ》に分かれていて、諏訪湖をはさんで対岸にあるとわかったのです。

そのうえ、上社が本宮《ほんみや》、前宮《まえみや》、下社が春宮《はるみや》、秋宮《あきみや》に分かれていて、それぞれの社がけっこう離れていたのです。

つまり、諏訪大社は四ヵ所あったの(泣)。

駅のインフォメーションで「今日中に諏訪大社の上社と下社にお参りに行って、東京に戻りたいんですけど」って言ったら、「両方行くのは無理です」って言われました。

調べてから行けよ……(泣)。いや、サイトも見たんですけど、上社と下社の意味がわからなくて。

そんなわけで、時間がなくて下社の春宮、秋宮しか行けませんでした。ごめんなさい。

今回、上社も見てきたように書いていますが、百パーセント、フィクションです。何か間違いなどありましたら、どうかお許しくださいね。

諏訪は、落ち着いた雰囲気の優しい町でした。ちょっと京都の西陣《にしじん》のあたりに似ているような気がします。昭和初期の凝った感じの建物も多く、温泉も気持ちよく、短い滞在時間でしたが、本当にリラックスできました。

暖かくなったら、上社へのお参りも兼ねて、また行きたいと思っています。

前の巻『聖夜と雪の誓い』のご感想のこと。

「今回は、香司がかっこよくてよかった」「忍のためにキレた香司に惚《ほ》れなおした」「香司と忍がラブラブでよかった」などなどのご感想が多かったです。今回もラブラブですよ。

あと、「ラストの額コツンの香司と忍のイラストが可愛《かわい》かった」というのもありました。私もあのイラストは大好きです。「忍の呪いがあともう少しで解けそうで、期待したのに残念だった」というご意見もありました。

綾人に関しては「出番は少なかったけど、忍を想《おも》う気持ちが伝わってきた」「もっと忍とからんでほしい」などなど。

ムーンストーンの指輪、白詰草《しろつめくさ》のあれにつづいて、次なる綾人のプレゼントが何か、期待しているかたもいらっしゃったようです。

今回もプレゼントを出そうと思ったのですが、「インパクトがあってロマンチックなもの」という条件で考えているうちに、首にリボンをつけた綾人が浮かんできてしまって、いろいろ怖くなったのでやめました（嘘）。すみません。

そうそう。うれしいご報告があります。

なんと『少年花嫁』シリーズがドラマCD化されることになりました！　発売元は、『鬼《き》の風水』シリーズと同じサイバーフェイズさん。

キャストは、以下のとおりです。松浦《まつうら》忍（鈴村健一《すずむらけんいち》さん）、御剣《みつるぎ》香司（鳥海浩輔《とりうみこうすけ》さん）、鏡野綾人《かがみの》（小西克幸《こにしかつゆき》さん）、鏡野継彦《つぐひこ》（堀内賢雄《ほりうちけんゆう》さん）。発売は一月三十日の予定ですので、この本がお手もとに届く頃にはすでに聴いてくださっているかたもいらっしゃるかもしれませんね。音の世界の『少年花嫁』シリーズ、私も楽しみにしています。


さて、いよいよ次が最終巻になります。本当に名残惜しいのですが、最後まで気をぬかず、忍と香司にとって最善の形で着地できるようにがんばります。

舞台は二月の東京。闇《やみ》の言霊主《ことだまぬし》になる「儀式」を行おうとする鏡野継彦と、それを阻止しようとする忍と香司の物語です。

都内の祟《たた》り場所で、次々におこる異変。強まる妖気。

――「儀式」には、巫女《みこ》が必要でございます。そして、巫女にふさわしいのは、やはり日本有数の祭祀《さいし》の家、玉川《たまがわ》家の末裔《まつえい》でございましょう。

――なるほど。松浦忍か。

巫女として、狙《ねら》われる忍。

無数の死者の魂魄《こんぱく》と血が東国の都を揺るがせ、大地の奥底から深い闇を引きずりだす。天から降る炎の雨。終末の迫る街を駆けぬける恋人たち。

——呪いを解くか、「儀式」を阻止するか、君は選ばなければならない。道は一つだけだよ。

運命の宣告の前に、忍が選んだ道とは……⁉　果たして、「女に見える呪い」は解けるのか⁉　そして、忍と香司の恋の行方は⁉

……というようなお話です。五十嵐《いがらし》たち三人組や御霊丸《ごりょうまる》も登場する予定です。

最後になりましたが、穂波《ほなみ》ゆきね先生、今回はお忙しい最中にわがままなお願いをしてしまって、本当に申し訳ありませんでした。にゃんこと綾人、うれしいです。ありがとうございました！

また、お名前は出しませんが、ご助言ご助力くださったみなさまに心からの感謝を。

そして、この本をお手にとってくださった、あなたに。

ありがとうございます。楽しんでいただけたら、うれしいです。

それでは、『少年花嫁』最終巻でまたお会いしましょう。

岡野麻里安《おかのまりあ》

岡野麻里安《おかのまりあ》先生の「少年花嫁《ブライド》」シリーズ第九弾『大蛇《おろち》と氷の薔薇《ばら》』、いかがでしたか？
岡野麻里安先生、イラストの穂波《ほなみ》ゆきね先生への、みなさんのお便りをお待ちしております。

岡野麻里安先生へのファンレターのあて先
〒112-8001　東京都文京区音羽2-12-21　講談社　X文庫「岡野麻里安先生」係

穂波ゆきね先生へのファンレターのあて先
〒112-8001　東京都文京区音羽2-12-21　講談社　X文庫「穂波ゆきね先生」係

N.D.C.913　296p　15cm

岡野麻里安（おかの・まりあ）

講談社X文庫

10月13日生まれ。天秤座のA型。仕事中のBGMはB'zが中心。紅茶と映画が好き。流行に踊らされやすいので、世間で流行っているものには、たいていはまっている。著書は52作となり、本書は『少年花嫁《プライド》』シリーズ第9弾。

white heart

大蛇《おろち》と氷《こおり》の薔薇《ばら》　少年花嫁《しょうねんプライド》
岡野麻里安《おかのまりあ》
●
2007年2月5日　第1刷発行

定価はカバーに表示してあります。

発行者──野間佐和子
発行所──株式会社 講談社
東京都文京区音羽2-12-21 〒112-8001
電話 編集部 03-5395-3507
販売部 03-5395-5817
業務部 03-5395-3615
本文印刷─豊国印刷株式会社
製本───株式会社千曲堂
カバー印刷─半七写真印刷工業株式会社
本文データ制作─講談社プリプレス制作部
デザイン─山口　馨

ISBN978-4-06-255937-9

岡野麻里安の本

オカルト・ファンタジー！

イラスト／穂波ゆきね

薫風—KUNPŪ—

鬼の風水 外伝

一人前に成長した〈鬼使い〉の筒井《つつい》卓也《たくや》。だが、半陽鬼《はんようき》の篠宮《しのみや》薫《かおる》とのコンビ解消により、二人の間には隙間風《すきまかぜ》が吹きはじめている。そして、それぞれに受けた依頼で、妖《あや》しい動きの鬼道界《きどうかい》に立ち向かうことになり……。卓也と薫の恋と死闘の行方は⁉

比翼—HIYOKU—

鬼の風水 外伝

卓也の父であり〈鬼使い〉の統領・野武彦《のぶひこ》が、古《いにしえ》の時代に封印された鬼の調査で佐渡島《さどがしま》へ渡り消息を絶った！　筒井家の人々が捜索を開始する一方、薫は恋人の父の安否を気遣い助力に向かう。父、息子、恋人、それぞれの視点で錯綜《さくそう》する想《おも》いは何処《いずこ》へ⁉

講談社X文庫ホワイトハート

原稿大募集!

いつも講談社X文庫をご愛読いただいてありがとうございます。X文庫新人賞は、プロ作家への登竜門です。才能あふれるみなさんの挑戦をお待ちしています。

1
X文庫にふさわしい、活力にあふれた瑞々しい物語なら、ジャンルを問いません。

2
編集者自らがこれはと思う才能をマンツーマンで育てます。完成度より、発想、アイディア、文体等、ひとつでもキラリと光るものを伸ばします。

3
年に1度の選考を廃し、大賞、佳作など、ランク付けすることなく随時、出版可能と判断した時点で、どしどしデビューしていただきます。

X文庫はみなさんが育てる文庫です。
プロデビューへの最短路、
X文庫新人賞にご期待ください!

X文庫新人賞

●応募の方法

資格　プロ・アマを問いません。

内容　X文庫読者を対象とした未発表の小説。

枚数　必ずテキストファイル形式の原稿で、40字×40行を1枚とし、全体で50枚から70枚。縦書き、普通紙での印字のこと。感熱紙での印字、手書きの原稿はお断りいたします。

賞金　デビュー作の印税。

締め切り　応募随時。郵送、宅配便にて左記のあて先までお送りください。特に締め切りを定めませんので、作品が書き上がったらご応募ください。

特記事項　採用の方、有望な方のみ編集部より連絡いたします。

あて先　〒112-8001　東京都文京区音羽2-12-21
講談社X文庫出版部　X文庫新人賞係

なお、原稿の1枚目に、タイトル、住所、氏名、ペンネーム、年齢、職業（在校名、筆歴など）、電話番号、電子メールアドレス（ある人のみ）を明記し、2枚目以降に1000字程度のあらすじをつけてください。

原稿は、かならず通しナンバーを入れ、右上をひも、またはダブルクリップで綴《と》じるようにお願いします。また、2作以上応募される方は、1作ずつ別の封筒に入れてお送りください。

応募作品は返却いたしませんので、必要な方はコピーを取ってからご応募願います。選考についての問い合わせには応じられません。

作品の出版権、映像化権、その他いっさいの権利は、小社が優先権を持ちます。

ホワイトハート最新刊

大蛇《おろち》と氷の薔薇《ばら》　少年花嫁《ブライド》
岡野麻里安　●イラスト／穂波ゆきね
忍のなかで香司への愛が、消えていく!?

艶やかな抑情の花
伊郷ルウ　●イラスト／稲荷家房之介
俺は命をかけておまえを守る！

始まりのエデン　新たなる神話へ
榎田尤利　●イラスト／北畠あけ乃
闘いの終結、その先にあるものは？

不透明な玩具　風の守り歌
志堂日咲　●イラスト／榎本ナリコ
爆ぜる少年の心を描く、大型新人第２弾！

マリンブルーに抱かれて
檜原まり子　●イラスト／桜　遼
オリエンタル・パール号での熱い夜！

禅定の弓　鬼籍通覧５
椹野道流　●イラスト／山田ユギ
がんばれ、伊月君！　法医学教室は大忙し！

月華伝［中］
御木宏美　●イラスト／赤根　晴
新生・異世界ファンタジー緊迫の第２弾！

猛れ、吹き荒ぶ沖つ風　幻獣降臨譚
本宮ことは　●イラスト／池上紗京
新たな友、恋心——風雲急を告げる第４弾！

ホワイトハート・来月の予定（３月５日頃発売）

秘め事に啼かされて……………伊郷ルウ
ライバル　vol.２　追憶と忘却と……柏枝真郷
真夜中のお茶会　ブラッディ・キャッスル……斎王ことり
月下の楽園……………………仙道はるか
VIP　蠱惑…………………………高岡ミズミ
黒の秘密　金曜紳士倶楽部４…………遠野春日
月華伝［下］…………………………御木宏美
背徳のクロスロード　葛城パートナーズ…水島　忍
黒の目覚め　赤の胎動　ウナ・ヴォルタ物語…森崎朝香
※予定の作家、書名は変更になる場合があります。